Jim Nisbet

Dunkler Gefährte

JIM NISBET

DUNKLER GEFÄHRTE

Herausgegeben von der Süddeutsche Zeitung Edition

Ausgewählt von Peter Graf

Aus dem Amerikanischen von Frank Nowatzki und Angelika Müller

Nachtragend sein bedeutet, jemanden mietfrei in seinem Kopf wohnen zu lassen

Straßenschild, Ogden N.C.

In diesem Land gibt es zu viel Freiheit

Mohammed Atta

Zur Erinnerung an Bob Krolak
26. Dezember 2003

1

Banerjhee Rolf besprengte gerade seine Zinnien mit gechlortem Gletscherwasser, als Toby Pride seine Arme auf den gemeinsamen Zaun legte.

»Mann, wenn hier noch Pilze wachsen würden, könnte man von einem Paradies sprechen«, gab Pride träge von sich.

Nahtlos überführte Banerjhee sein leichtes Erschrecken in den Aggregatzustand eines verständnislosen Stirnrunzelns. »Wieso Pilze, mein arbeitsloser Freund mit Nebeneinkünften?«

Pride, dessen unrasiertes Gesicht und zerzaustes Haar den Eindruck mangelnder Energie untermauerten, starrte nur vor sich hin. Einen Augenblick später war Banerjhee klar, dass Pride die kleinen Regenbogen betrachtete, die das Sonnenlicht dem schirmförmigen Gesprüh der Spritzdüse des Gartenschlauches entlockte. Er richtete den Strahl auf das Gelände, um die Polster der Bubiköpfchen und die verschiedenen Farne zu wässern, die munter die schattigen Stellen unterhalb des einsamen Redwoods bevölkerten, der am hinteren Zaun emporragte. Kein Sonnenlicht – keine Regenbogen und demzufolge auch kein flüchtiges Vergnügen, das man mit seinem merkwürdigen Nachbarn teilen konnte.

Pride schien das nicht zu bemerken. Mit einer Drehung des linken Handgelenks präsentierte er ein Bündel Lottoscheine. »Heute ist der Tag der Tage, BJ, mein arbeitsloser Freund ohne Nebeneinkünfte. Und ich bin gekommen, um dir zu helfen.«

Banerjhee schwang das untere Ende seines Schlauches aus dem Schatten und hatte nun den Zaun der Kraussens im Blick, der Prides Zaun gegenüberlag. Neun bis zehn Monate im Jahr war die Familie Krauss mit ihrem Luxusschlitten auf Achse und das war aus

Banerjhees Sicht das Sympathische an ihnen. Pride hatte seinerseits ein Mietverhältnis mit einem Eigentümer, dem Banerjhee noch nie begegnet war.

»Diesmal sind zweiundachtzig Millionen Schleifen im Jackpot.« Pride schnippte mit einem Fingernagel gegen die Scheine. »Da musst du einsteigen.«

In puncto Geldgewinn unterschied sich Banerjhees Haltung von der Toby Prides. Banerjhees Meinung nach hatte man größere Chancen, wenn man zwei Dollar in eine Kiste legte und die, in der Hoffnung, die Scheine mögen sich paaren, in eine feuchte Ecke stellte, anstatt auf den Jackpot zu spekulieren, den Millionen von Menschen mit einer Kombination aus sechs Zahlen knacken wollten. Die Chance, die Zahlenkombination exakt zu treffen, liegt genau bei 1 zu 10^{12} oder anders gesagt, eins zu einer Billion. Das ist eine sehr geringe Wahrscheinlichkeit. Egal, wie auch immer, wer hörte schon auf Banerjhee Rolf? Gab es denn irgendeinen Zweifel, dass selbst Kaliforniens allerletzter Smiley-Magnet mindestens einen Lottoschein an einer Kühlschranktür fixierte?

Banerjhee wusste, dass Pride in Sachen Spiel einer eigenen Maxime folgte, und die war simpel. Jede Woche erstand er zwei Lottoscheine. Stieg der Jackpot auf über zehn Millionen, kaufte Pride zwei Scheine mehr. Bei zwanzig Millionen erhöhte er um zwei weitere, bei dreißig war er dann bei sechs angelangt und so weiter.

Nach Banerjhees Dafürhalten bestand das Ironische darin, dass Toby Pride in gewisser Hinsicht bereits im Lotto gewonnen hatte. Der Junge arbeitete nicht, hatte rund um die Uhr Besuch und jede Menge Geld. Seiner hübschen Freundin gefiel es, sich nahezu unbekleidet hinter dem Haus zu sonnen. Kinder waren weder zu sehen noch zu hören und da das Haus von einer Reihe College-Studenten ziemlich in Mitleidenschaft gezogen worden war, zahlte Pride nur wenig Miete. Obwohl Pride sich in nebulöser Zurückhaltung übte, was seine Einnahmequelle betraf, hatte er Banerjhee einmal offenbart, dass er ein Einzelkind sei, dessen Anhang an der Ostküste lebe und ihn genug verachte, um ihm eine Art Apanage zu zahlen unter der Bedingung, dass er weder Kontakt mit ihnen aufnehme noch die Stirn habe, in östlicher Richtung weiter als bis Salt Lake City vorzustoßen. Dieses Arrangement amüsierte Pride, nicht zuletzt, da er es als gutes Geschäft betrachtete. Zum Zeitpunkt dieser Enthüllung war er angetrunken gewesen und seitdem hatte er das Thema nie wieder erwähnt.

Soweit Banerjhee seinen Nachbarn überhaupt einschätzen konnte, fühlte er mit dessen Eltern. Was konnte ein Elternteil in einem früheren Leben nur verbrochen haben, um ein derartiges Kind zu verdienen? Pride verbrachte seinen Wachzustand im Stadium leichter Trunkenheit, dennoch fuhr er mit dem Wagen, wann immer ihm danach war. Und was für ein schlichtes Auto das war! Ein BMW-Topmodell, schwarz, mit getönten Scheiben, dessen Anonymität nur unwesentlich durch serienmäßige Leichtmetallfelgen und fette Niederquerschnittsreifen gefährdet wurde. Bei näherem Hinsehen entdeckte man, dass diese Räder von massiven Bremssätteln unterstützt wurden, die die Existenz einer extrem fließenden Dachlinie nahezu konterkarierten, deren Silhouette wiederum die Rückbank überflüssig zu machen schien. Nicht zu vergessen das doppelte Auspuffrohr, ein Fünfgang-Automatikgetriebe, ein Nocken, der seinen V8 auf 7600 Umdrehungen bringt mit der ansatzlosen Beschleunigung eines perfekt geworfenen Wurfsterns … Pride hatte ihm alles beschrieben. Eine teure Straßenmaschine, konstruiert, um Geschwindigkeit mit Sicherheit zu kombinieren, bei einem Händlerabgabepreis von über 70.000 Dollar. Als Pride ihm angeboten hatte mitzufahren, hatte Banerjhee dankend abgelehnt.

Vom Schatten seines Redwoods aus begutachtete Banerjhee den östlichen Zaun, genauer gesagt die Bambusschösslinge, die er am Fuße des Zauns gesetzt hatte. Der hauseigene Experte für Gartenbau im nahe gelegenen Gartencenter hatte ihm versichert, dass dieser Bambus, regelmäßig gedüngt und gewässert, innerhalb von achtzehn Monaten eine nahezu undurchdringliche Barriere aus kräftig verzweigten Halmen mit vielen Knoten und scharfrandigen, schwertförmigen Blättern bilde, und zwar in jeder beliebigen Höhe.

Noch vierzehn Monate.

Er blinzelte in die Sonne, die gerade den Giebel des Krauss'schen Hauses berührte. Keine Frage, dass Bambus oder was auch immer in Kalifornien genügend Sonnenlicht abbekomme. Vielleicht würden die zarten Setzlinge versengt? Eher unwahrscheinlich. Einige würden zweifellos überleben, andere nicht. Einige würden in die Höhe schießen, andere blieben mickrig. An der Längsseite eines Wolkenkratzers in der Innenstadt von San Francisco hatte er mal eine zwölf Meter hohe Bambuswand in einem mit Kies gefüllten Pflanzenkübel gesehen. Die Bambuswand bekam Licht aus dem Westen. Genau wie seine Seite des Zauns; er bewässerte sie jeden Tag.

Der Gartenexperte hatte erwähnt, dass der chinesische Große Panda die höchsten, zartesten Blätter dieser Bambusart als Hauptnahrungsquelle bevorzuge. Wie der Zufall es wollte, wurden im Rahmen einer Kampagne eines multinationalen Mineralölkonzerns zur Förderung der allgemeinen Sensibilität für globale Ökologie an hiesigen Tankstellen Stoffpandabären verteilt, die für die Rückbank von Prides BMW zu groß gewesen wären. Vielleicht sollte Banerjhee Stammkunde dieser Kette werden und sich einen Vorrat an Stoffpandas zulegen für den Tag, wenn sein Bambus groß und stark genug wäre, um sie tragen zu können, was gleichzeitig den Anstoß geben könnte für eine Art Jahrestag der wiedergewonnenen Privatsphäre in seinem Garten.

Bis dahin mussten er und Toby Pride miteinander auskommen.

»Deinetwegen habe ich ein paar Scheine mehr gekauft, BJ.« Pride fächerte die Scheine in seiner Hand auseinander. »Zwei Dollar und du hast die freie Auswahl.«

Banerjhee, noch immer im Schatten seines Redwoods und Pride im Rücken, wässerte das mannshohe Springkraut in der Ecke, wo der hintere und der Krauss'sche Zaun aufeinanderstießen, und kniff die Augen zusammen. »Ich spiele nicht, Toby. Das habe ich dir schon so oft gesagt.«

»Das hat nichts mit Spielen zu tun, BJ.« Auf seine Achselhöhlen gestützt, hängte sich Pride über den Zaun, lehnte sich dagegen, bis es knackte, die Arme beinahe in den Bambussetzlingen. Er mischte die Scheine und fächerte sie erneut auf. »Das ist, als würde man aus den Klippen von Dover Kalk entfernen.«

Banerjhee wandte sich von seinem Schirm aus Wasser ab und sah Pride an, der in sich hineinlachte. »Steter Tropfen höhlt den Stein.«

Banerjhee runzelte die Stirn. Zufällig war er in Dover gewesen. Er wusste, dass die Klippen aus Kalkstein waren, war durch die alten, geheimen Tunnelanlagen gewandert, die es dort gab, und hatte hinaus auf die Nebelbank geschaut, die über der Westküste von Nord-Pas de Calais gehangen hatte, knappe 40 Kilometer über die Straße von Dover.

Herauszufinden, dass ein amerikanischer Mitbürger überhaupt etwas vom Rest der Welt wusste, überraschte Banerjhee immer wieder, doch er vermutete, dass die Klippen von Dover kürzlich in einer Dokumentation auf einem der Reisekanäle Erwähnung gefunden haben mussten, die bei der Konsumentengruppe derart hoch im Kurs standen, dass sie jegliches Verlangen, die Welt von einem anderen Aussichtspunkt als dem Fernsehsessel zu erkunden, beinahe im Keim erstickten.

Pride hatte ein kongeniales Abbild dieses hermetischen Zustandes in einer Diskussion geliefert, bei der es um die Ereignisse des 11. September 2001 ging. Dem 24-stündigen Marathon der immer gleichen Fernsehbilder von den Flugzeugattacken auf New York entkommen, hatte er eine ganze Weile am Zaun gestanden, vor sich einen Banerjhee, der das Unkraut zwischen seinen Bubiköpfchen jätete. Irgendwann hatte Banerjhee ihn dann gefragt, ob alles okay sei mit ihm.

»BJ«, sagte Pride mit vor Verwirrung glänzenden Augen, »was hat Amerika überhaupt angestellt, um das zu verdienen?«

»Alles«, erwiderte Banerjhee bestimmt, denn jede andere Antwort wäre sicherlich unangemessen gewesen.

»Zum Beispiel«, fuhr er fort, »hat Amerika meine Eltern 1945 mit offenen Armen empfangen, als sie in Vancouver, Washington, von Bord gingen, und hat ihnen eine Möglichkeit geboten, die nur wenige Nationen hätten bieten können oder wollen. Genau das«, gab er am Ende zu bedenken, »was man auch für deine Vorfahren getan hat, wann immer sie auch hergekommen sind, oder?«

Pride blinzelte nur und sagte: »Sie hassen uns.«

Banerjhee hatte sich gefragt, ob Pride überhaupt etwas über seine Vorfahren wisse.

»Zwei Dollar, BJ«, Pride ließ nicht locker, »sichern dir die Chance auf zweiundachtzig Millionen Flocken. Und vergiss nicht, du könntest auch einen läppischen Betrag gewinnen. Sagen wir hundert Flocken. Oder fünfzig. Irgendwann gewinnt man immer. Eine meiner Lieblingstheorien in puncto Lotto ist die: Je länger man nicht gewinnt, desto höher die Wahrscheinlichkeit, dass das Schicksal oder die Vorsehung oder Mojo – was auch immer – den ganz großen Sack aufmacht.«

Banerjhee bemühte sich nicht, einen Seufzer als Ausdruck seiner Gereiztheit zu unterdrücken.

Flüchtig wanderte Prides Blick über das Grundstück, ignorierte dabei Banerjhees Garage, in deren unmittelbarer Nachbarschaft der Ford Econoline, nachdem er drei Monate zuvor in der eigenen Einfahrt einen Ventilfraß hingelegt hatte, auf schlaffen Reifen darauf wartete, dass sich Banerjhee ernsthaft seiner annehme. Sie hatten ja immer noch den alten, blauen Peugeot, den Madja einmal die Woche für die Fahrgemeinschaft zur Arbeit nutzte; die übrigen Tage stand er ihm zur Verfügung, also …

»Ja, Toby«, sagte Banerjhee beinahe fröhlich, »hunderttausend Dollar wären höchst willkommen. Aber du weißt …«

»Ja? Was?«

»Mit Geld kann man kein Glück kaufen.«

Toby Pride schüttelte den Kopf. »Ach, scheiß drauf, BJ, bist du einer von diesen Die-Flasche-ist-halb-voll-Typen und hast keine Verwendung für ein paar zusätzliche Einkünfte?«

Tatsächlich musste Banerjhee über die Antwort auf diese Frage nachdenken. Weil er auf seiner Veranda keine amerikanische Flagge hisste, schnitten ihn einige seiner Nachbarn und machten auch keinen Hehl daraus. Nicht dass sein Leben vollkommen wäre, würden diese Leute ihn in die Arme schließen, aber vielleicht gäbe es weniger ... Reibereien? Doch was hatte das mit Geld zu tun?

»Glück«, sagte Banerjhee laut, »umfasst einen niedrigen Reibungsfaktor.«

»Und Geld«, antwortete Pride, der den Faden sofort wieder aufgenommen hatte, »kommt gleich nach einem Wasserbett und einer Flasche Olivenöl.«

Obwohl er nicht wollte, musste Banerjhee kichern. Pride schien sich mit Reibung auszukennen.

»Außerdem«, Pride nickte, als gäbe er ganz bewusst eine Weisheit von sich, »Geld stinkt nicht.«

Banerjhee hatte schon längst bemerkt, dass Toby Pride bei Weitem nicht so dumm war, wie er sich gemeinhin gab. Hätte man Banerjhee gefragt, hätte er Pride in der Tat eine ausgeprägte Gerissenheit attestiert; gerissen wie ein Fuchs, wie manche Leute so sagten. Eine weitere Einschätzung beschrieb ihn noch präziser: Toby Pride war geldgierig und alles andere als korrekt, wenn es darum ging, es sich zu beschaffen. Geld von seinen Eltern zu nehmen, damit er ihnen vom Leibe bliebe, war nach Tobys Kodex keine große Sache. Und sonst? Mit Sportsendungen, Dosenbier und Marihuana war eigentlich schon alles zusammengefasst. Nach Banerjhees Auffassung führte Pride das sinnloseste Leben, das man sich vorstellen konnte. Die Fakten ließen schwerlich eine andere Deutung zu. Der Garten hinter seinem Haus war eine Verbildlichung seines Besitzers. Man stieß dort auf einen undichten Badezuber vom Typ Redwood-Fass, darum herum braunes Gras, ungefähr kniehoch und bedeckt mit dem heruntergefallenen Laub eines Echten Lorbeers und eines Zitronenbaumes, Letzterer fast hingeschieden trotz der skurrilen Gartendusche, die über den Zaun ragte. Am hinteren Zaun stand eine überdimensionierte Grillvorrichtung. Von einem Vorbesitzer in Heimwerkermanier aus Fluss-Steinen gefertigt und groß genug, um Brot darin zu backen, Fleisch zu grillen und so weiter, war sie so lange dem Nichtgebrauch anheimgefallen, dass zwischen den vom Regen durchweichten, längst vergessenen Überbleibseln ihrer letzten Holzkohlenglut Gras spross und sich in einem der beiden Rauchabzüge Finken eingenistet hatten. Banerjhee mochte die Finken. Madja hatte es übernommen, sie zu füttern, und so kam das Gute mit dem Schlechten. In der Mitte des Gartens prangte eine Flasche Sonnenmilch auf dem aus Nylonstreifen geflochtenen und von Prides Freundin genutzten Liegestuhl, der im einstigen Windschatten eines verrosteten elektrischen Rasenmähers abgestellt worden zu sein schien. Das Gras hinter dem Rasenmäher hatte in etwa Schienbeinhöhe, während das davor in seinem kniehohen Zustand verharrte. Und damit hatte man oder zumindest hatte Banerjhee damit seine Metapher; auf seinem Pfad durchs Leben hatte Tobys Verstand bis hierhin Fortschritte gemacht, genug, um zu lernen, wie man die äußere Hülle funktionstüchtig erhielt. Seit er diesen bescheidenen Gipfel erklommen hatte, gab es nur noch Stillstand. Und doch war Toby Pride glücklich wie ein Hund, der im Sonnenschein auf einem handgeknüpften Teppich auf der Seite lag. Sehr merkwürdig.

»BJ«, drängelte Pride in einem Ton, der die Ernsthaftigkeit seiner Absicht unterstrich, »nun nimm die Scheine. Zwei Dollar!« Pride blickte hinunter auf Banerjhees Seite des Zauns. »Diese verdammten Bambusgewächse kosten mehr, jedes Einzelne davon.«

Dem war so, allerdings. Obwohl es Banerjhee zutiefst widerstrebte, sich derart beeinflussen zu lassen – und Geld zu verschwenden hasste er sowieso –, streckte er resigniert die Waffen, auch in der Hoffnung, dass Pride ihm bis auf Weiteres gestattete, sich wieder seinen mehr oder weniger konfliktfreien Gartenpflichten zu widmen, wenn er die zwei Dollar endlich berappe.

»Gib mir mal den Kugelschreiber«, sagte Pride. Verwirrt warf Banerjhee einen Blick auf die Brusttasche seines Hemdes. Natürlich, er hatte seinen Drehbleistift dabei. Er reichte ihn Pride.

Pride schloss die Augen, mischte die Lottoscheine, öffnete die Augen wieder und zog eine Linie über zwei Scheine; beim zweiten brach die Mine ab. »Was ist das denn für 'n Scheiß?« Er betrachtete die Spitze des Stiftes, begriff sofort und drehte die Mine heraus. »Du empfindlicher kleiner Scheißer. So.« Er faltete die nicht markierten Scheine und steckte sie in die Tasche. »Das sind deine.« Er hielt Banerjhee die beiden markierten Scheine hin.

»Wenn du sie nicht kaufst und einer gewinnt, komm ich damit an den Zaun, reib dir den Schein quasi unter die Nase und löse ihn anschließend ein. BJ, werde ich sagen, aufgrund deines unglaublichen Geizes und deines mangelnden Vertrauens in die Grundordnung, der die zufälligen Ereignisse unterliegen, verabschiedet sich hier dein Vermögen. Ich werde diesen Schein zum Schnapsladen bringen, ihn einlösen und dann leiste ich mir …« Prides Miene verdüsterte sich. »Eine richtige …«

»Ausbildung am College«, warf Banerjhee ein und packte Scheine und Drehbleistift. Jeder Schein war ein dünner Streifen aus weiß beschichtetem Material, ähnlich dem Thermopapier für Faxgeräte, mit schwarzen Zahlen versehen und einem auf einem orangefarbenen Logo aufgebrachten Barcode. Super Lotto Plus. Er hatte so etwas noch nie in der Hand gehabt.

Pride rollte mit den Augen. »Hör mal, BJ«, sagte er ernst, »wenn man zweiundachtzig Millionen Dollar gewinnen kann – am Mittwoch werden es noch mehr sein –, weshalb zum Teufel dann noch eine Ausbildung am College? Hä? Warum? Damit man die nächsten zwei Jahrzehnte für vierzig Riesen im Jahr in einer Arschlochfabrik arbeitet?« Pride lachte. »Und Arschlöcher herstellt?« Er verdrehte die Augen nach oben, als wolle er die oberen Äste von Banerjhees Redwood begutachten.

»Um in seinem ganzen Erwerbsleben, grob gesagt, einen Bruchteil des Jackpots zu verdienen und am Ende einen Herzinfarkt zu kriegen. Geht's hier um Fatalismus oder was, mein Freund?«

Ich bin kein Fatalist – Banerjhee übte sich in Gedankenübertragung, während er seine Brieftasche hervorzog – und ich bin nicht dein Freund. Er reichte Toby zwei Dollarnoten und dachte mit einem gewissen Sarkasmus, dass diese Geste einen Zwanziger jetzt zum Waisen mache. »Gehet hin in Frieden und viel Glück«, sagte er sanft. »Vor allem aber, gehet hin in Frieden.«

Pride grinste breit und schnappte sich die zwei Dollar.

»Du nimmst mir das Wort aus dem Mund. Viel Glück. Streichle die Hasenpfote. Küss den Glücksstein. Und immer schön dran glauben. Friede sei mit dir. Weißt du eigentlich, dass man rund um die Uhr Wiederholungen von *Star Trek* und gleichzeitig Live-Übertragungen von europäischen Radrennen sehen kann? Man braucht nur genügend Kanäle.«

Banerjhee sah Toby Pride hinterher, als der barfuß durch das Gras hinüber zu seiner gefliesten Terrasse stapfte. Verblasst von der Sonne und an mehreren Stellen geflickt, lehnte dort ein Surfbrett an einem Mauervorsprung. Banerjhee fragte sich, ob Pride das Ding jemals benutzt habe. Soweit er sich erinnern konnte, stand es bereits seit sechs Monaten dort. Der Pazifik war knapp hundert Kilometer entfernt. Prides schnittiger BMW verfügte über keine Dachreling für ein Surfbrett. Vermutlich besaß Pride auch eine Gitarre, auf der er nie spielte. Vielleicht verwahrte er genauso das Abbild eines Mannes, eines Mannes, der er hätte werden können, aber nie gewesen war und nie werden würde, ein Mann, der letzten Endes anders war als der, zu dem er wurde.

Vielfalt, dachte Banerjhee, als er wieder daranging, seinen Garten zu wässern, macht Amerika so großartig. Einmal mehr verlor er sich fast in den Überlegungen zu einem Zaun aus Bambus. Vor ihm wiegten sich die malvenfarbenen Blüten des Springkrauts in einer flüchtigen Brise. Springkraut, so benannt, weil die reifen Samenkapseln bei geringster Berührung aufspringen.

2

Da war ein geflochtener Zaun, über den ein dem Efeu ähnlicher Kletterer seine kühlen grünen Blätter ausbreitete, und zwischen den Blättern waren weiße Blumen mit halb geöffneten Blüten, die wie Lippen von Leuten aussahen, die anlässlich ihrer eigenen Gedanken lächeln.

Nahezu jedes Mal, wenn er gedankenversunken sein Springkraut wässerte, fiel Banerjhee diese Passage aus *Die Geschichte vom Prinzen Genji* ein. Auch er musste lächeln. Wie ein Mann mit seinen eigenen Gedanken.

Das Springkraut sah eigentlich ganz anders aus – die Blüten waren weder weiß noch schüchtern –, aber die aufgeplatzten Samenkapseln erinnerten an lächelnde Gesichter; sozusagen als Gegenstück zum geschlossenen Blütenkelch des Eukalyptus, der sein Gesicht verbirgt, ganz in Übereinstimmung mit der Herkunft seines Namens, dem die Bedeutung »versteckt« oder »verborgen« innewohnt. Interessant …

»BJ, wart mal.«

Banerjhees Lächeln verflüchtigte sich. »Ja, Toby?« Er drehte sich um und sah seinen Nachbarn an.

Genau wie zuvor hatte sich Pride auf seiner Seite des Zauns postiert, nur war er jetzt nicht allein. Neben ihm, eng an ihn geschmiegt, stand eine dunkelblonde Frau. Eine wohlmeinende Sonne hatte den Partien rund um das Triangel-Top eine schimmernde Bräune verliehen, nicht zuletzt dank einer makellosen Haut, die vermutlich eine Wärme ausstrahlte, als wäre sie rund um die Uhr einem kalifornischen Sonnenuntergang ausgesetzt. Die Augen waren von einem erstaunlichen Smaragdgrün, und ohne Frage war sie völlig stoned. Was sie jedoch nicht daran hinderte, zu lächeln, als Toby sie miteinander bekannt machte.

»Esme, BJ. BJ, Esme.«

Sieh mal einer an! Sechs Monate und jetzt vorgestellt. Ein verstohlener Blick verhalf Banerjhee zu der Erkenntnis, dass es sich bei dem Triangel-Top um einen BH handelte. Transparent, mit Spitze besetzt, malvenfarben.

»Bin entzückt, Miss.« Banerjhee wandte seinen Blick ab, deutete eine Verbeugung an und schon benetzte der Gartenschlauch seine Schuhspitzen.

»BJ, ich hab mir gedacht«, Tobys Handfläche fuhr über Esmes Schultern, »dass sich eine von den Blumen da hinten ganz gut in Esmes Haar machen würde. Oder?«

Esme, und das musste man ihr zugute halten, errötete. Aber ihre Gedanken kreisten ebenfalls um die Blüten des Springkrauts.

»Ich finde, es würde richtig gut zu ihren Haaren passen, ihren Augen, ihrer Haut und äh –«, Toby führte einen Finger unter den Verschluss ihres BHs und ließ den Finger von Schulterblatt zu Schulterblatt wandern, »ihren Sachen.«

»Wie füreinander geschaffen.« Banerjhee lächelte. Er hatte sich gefragt, warum Pride sich aufgerafft hatte, Esme vorzustellen, und nun wusste er es. Pride wollte etwas.

Esme stellte sich gerade hin, straffte die Schultern und schickte ein strahlendes Lächeln los.

»Ja«, stimmte Toby ihm zu, »und ob.«

Banerjhee ging hinüber, pflückte eine Blüte und kam damit zurück an den Zaun. »Bitte sehr!«

Doch statt sie entgegenzunehmen, neigte Esme nur leicht den Kopf. Toby nickte zustimmend und nach anfänglichem Zögern befestigte Banerjhee die Blüte im Haar des Mädchens, wobei er sich eines malvenfarbenen Haarclips bediente, den er oberhalb der rechten Schläfe entdeckt hatte. Ihr Haar war weich, die Haut sogar noch weicher und warm und sie umgab ein angenehmer Duft von Sonnenöl.

»Mann«, sagte Toby zu Esme, »diese Blume ist perfekt.«

»Meinst du wirklich?«, fragte Esme schüchtern, verdrehte die Augen in Richtung Blüte, die sie nicht sehen konnte, aber vorsichtig mit den Fingerspitzen berührte.

»Wenn ich wüsste, dass unsere Beziehung die nächste Woche überdauert«, sagte Toby, »würde ich die Dinger vorbestellen.«

»Oh«, sagte das Mädchen gleichmütig, »wir sollten nichts überstürzen.«

»Zumindest nicht mehr, als wir schon haben«, erwiderte Toby lachend. Esme kicherte.

»Morgen ist Ziehung, BJ«, sagte Toby und nahm Esmes Hand. »Denk dran.«

Banerjhee runzelte die Stirn.

»Das Lotto«, half ihm Toby auf die Sprünge. »Du hast einen Schein. Du hast zwei Scheine. Wo sind die?«

Banerjhee erinnerte sich und griff in seine Brusttasche, fand aber nur den Drehbleistift. Er fuhr mit der Hand erst in eine Gesäßtasche, dann in die andere. Da waren sie. Er hielt sie hoch und lächelte matt.

Toby schüttelte den Kopf. »Auf der Rückseite steht, man soll die Dinger nicht bügeln.« Er streckte die Hand aus. »Soll ich sie für dich aufbewahren?«

Banerjhee hielt sie ihm hin. Wieder schüttelte Toby den Kopf. »BJ, ich sag dir jetzt mal was: Wenn du mir die Scheine gibst und einer von denen zündet, löse ich ihn ein, geb dir einen von meinen und behaupte, du hättest abgekackt, und du würdest es nicht mal merken.« Toby bleckte seine gelben Raucherzähne. »Stimmt's?«

Esme nickte, als wolle sie Banerjhee auf diese Weise soufflieren.

»Stimmt.« Banerjhee verstaute die Lottoscheine in der Brusttasche.

»Stimmt«, wiederholte Toby. »In der Dummglotze sprechen sie bereits von neunundachtzig Millionen. Wir ziehen los und kaufen noch zwei Scheine. Wenn wir im Laden sind, werden es über neunzig Millionen sein. Esme meint, erst das Geschäftliche, dann das Vergnügen. Das mit dem Geschäftlichen hat sie drauf.« Er warf Esme einen anerkennenden Blick zu, die daraufhin schüchtern lächelte. »Auch das mit dem Vergnügen«, fügte Toby hinzu. Dann wandte er sich wieder an Banerjhee. »Soll ich dir auch noch zwei mitbringen? Ein Dollar, eine Chance. Hast du vielleicht so was wie Glückszahlen?« Toby kniff die Augen zusammen. »Habt ihr nicht sogar die Astrologie erfunden?«

Esme strahlte.

»Die Mutter meiner besten Freundin hat Zahlen gespielt, die irgendwie mit ihrem Trigon zu tun hatten, und weil das nicht gereicht hat, hat sie noch vier Zahlen von ihrer Telefonrechnung hinzugefügt und einhundert Dollar gewonnen.«

Toby stieß einen Pfiff aus und legte den Kopf auf die Seite. »Einhundert Dollar.«

Esme nickte lebhaft. »Sie hat Pizza und Bier gekauft und den ganzen Block versorgt.«

Pizza, dachte Banerjhee bei sich, ist eigentlich kein Essen.

»Und ich wette«, so Tobys scharfsinniger Zwischenruf, »sie hat zwei Scheine mehr gekauft.«

»Dann hat sie achtundneunzig Dollar gewonnen«, stellte Banerjhee fest, »abzüglich der Summe für die Scheine, die sie vorher gekauft hat, wie viele es auch immer gewesen sein mögen.«

»Geschäftskosten«, bekräftigte Esme. »Sie ist wie du, Toby. Sie kauft jede Woche Lottoscheine.«

»Hast du schon mal gewonnen, Toby?«, wollte Banerjhee wissen.

Pride nickte. »Zweimal. Aber nie mehr als tausend Schleifen.«

»Nicht schlecht. Über wie viele Jahre?«

Toby zuckte mit den Achseln. »Seit sie mit dem Scheiß angefangen haben.«

»Und du kaufst jede Woche zwei Lottoscheine?«

»Kommt auf den Jackpot an.«

»Natürlich macht er das«, warf Esme ein.

»Natürlich mach ich das«, bestätigte Toby verärgert, als handelte es sich um eine Information über etwas ganz Spezielles, sehr Intimes.

»Und Sie, Miss Esme?«

»Ich nehm's mir immer fest vor, schaff es aber meistens nicht«, gestand Esme und fügte entschuldigend hinzu, »Biomärkte verkaufen im Allgemeinen keine Lottoscheine.«

»Das stimmt nicht, Baby«, widersprach Toby, »in Oakland gibt es einen, der verkauft welche.«

»Richtig«, sagte Esme. »Oakland. Da bin ich ja auch ständig.«

»Ein Mädchen darf doch träumen.«

»Igitt. Ich hasse Oakland.«

Toby zuckte die Achseln. »Du solltest öfter mal hinfahren. Einem Fitnessclub beitreten oder so. Dich dran gewöhnen, mit Leuten abzuhängen, die Kohle haben.«

»Ach ja?«, sagte Esme und legte mit einem Male eine Weltgewandtheit an den Tag, die Banerjhee nicht erwartet hatte. »Wann soll's denn losgehen?«

Toby spitzte die Lippen. »Sobald sie am Mittwoch die Zahlen verkünden. Morgen.« Er schlang einen Arm um ihre Taille und flüsterte theatralisch: »Bleib in der Nähe, Baby.«

»Wie plump ist das denn!« Esme wand sich aus seinem Griff.

Toby lachte nur. Ob er wollte oder nicht, Banerjhee bemerkte, dass die Seitennähte von Esmes abgeschnittenen Jeans bis zu den Gürtelschlaufen aufgetrennt waren und dass sie darunter einen durchscheinenden, malvenfarbenen Stringtanga trug.

»Komm her, kleines Häschen«, sagte Toby.

»Nein!«, kreischte Esme. »Hilfe, Sittenstrolch!«

Toby jagte Esme durch die Terrassentür hinein ins Haus, dabei fiel etwas zu Boden, eine Lampe, ein Aschenbecher oder ein Buch – vielleicht auch die Fernbedienung. Gelächter ertönte.

Banerjhee musste zur Kenntnis nehmen, dass das Wasser aus dem Schlauch seine Schuhe völlig durchnässt hatte.

Im Haus, auf nackten Füßen, lief er seiner Frau Madja über den Weg, die gerade von der Arbeit nach Hause gekommen war. Sie küsste ihn auf die Wange und sagte:

»Heute kam eine E-Mail von Sam.«

»Ach?«

»Der Fachbereich hat für den Sommer einen Lehrauftrag in Aussicht gestellt.«

»Bezahlt?«

»Selbstverständlich. Aber bis dahin wird er ziemlich zu kämpfen haben.«

»Natürlich. Es tut einem Studenten gut, wenn er kämpfen muss. Aber vermutlich wird er niemals so kämpfen müssen, wie du es musstest.«

Sie hängte ihre Jacke in den Garderobenschrank im Flur und tätschelte Banerjhees Wange. »Er wird sich nie so abstrampeln müssen wie wir. Dafür hast du gesorgt.«

Banerjhee war sich dessen keineswegs sicher, aber er nahm das Kompliment an. »Nun, da er noch drei Jahre vor sich hat, wird er wohl ausschließlich in Chicago sein.«

»Sehr richtig. Wenn wir ihn sehen wollen, müssen wir wohl oder übel dorthin.«

Banerjhee spitzte die Lippen. »Kostspielig.«

Auf dem Weg in die Küche krempelte sich Madja die Ärmel hoch. »Wir haben sämtliche Lebensmittel mit der Kreditkarte dieser Fluglinie bezahlt. Da haben sich etliche Meilen angesammelt.«

»Genug für uns beide?«

Sie spülte sich am Becken kurz die Hände ab und schüttelte den Kopf.

»Für einen?«

Durch das Fenster über der Spüle sah Madja hinaus in den Garten. »Die Meilen reichen für einen Hin- und Rückflug.«

Banerjhee ließ sich das durch den Kopf gehen. »Man muss ein Jahr lang Lebensmittel kaufen, um genügend Punkte für ein Flugticket nach Chicago zusammenzubekommen?«

Madja schlang das Handtuch um den Griff des Kühlschranks. »Hast du schon gegessen?«

»Natürlich nicht.«

»Mittags?«

Er zuckte mit den Schultern.

Madjas Miene drückte Besorgnis aus. »Hast du keinen Appetit mehr?«

Banerjhee schüttelte den Kopf. »Hab's einfach vergessen.«

Madjas Stirnrunzeln konnte ihr Lächeln nicht gänzlich verdrängen. »Neutronensterne?«

Banerjhee lächelte ebenfalls. »Faszinierend.«

»Und unheimlich«, fügte sie schnell hinzu, um ihm zuvorzukommen.

»Beides«, pflichtete er ihr bei. »Ein Physiklabor am Firmament.« Er sah sie unvermittelt an. »Woher weißt du?«

»Ich weiß nichts, aber du.«

Er nickte. »Eines Tages werde ich sie dir erklären.«

Sie streichelte seine Wange. »BJ, ich bin Buchhalterin, keine Mathematikerin.«

Zweiunddreißig Jahre lang hatte sie ihn BJ genannt und es nagte an Banerjhee, dass Pride, der es einmal zufällig aus ihrem Munde gehört hatte, sich dessen bediente. »Man muss kein Mathematiker sein, um –«

Madja sah in den Kühlschrank. »Aber es ist hilfreich. Wie wär's mit einem schönen Glas kühlem Weißwein?«

»Kann Wein hilfreich sein?«

»Ich denke schon.« Sie nahm eine Flasche Chardonnay, die sie den Abend zuvor geöffnet hatten, aus dem Türregal und reichte sie Banerjhee über ihre Schulter hinweg. »Was war das?«

Banerjhee reckte den Hals und lauschte. »Es klingt, als erkläre Mr. Pride seiner Freundin, was sie für ihn tun könne.«

»Hat er eine neue?«

Banerjhee nahm zwei langstielige Weingläser aus einem Hängeschrank neben der Spüle. »Immer noch dieselbe. Sie heißt Esme, wie ich endlich mal erfahren habe.«

»Vielleicht wird der Junge jetzt sesshaft.«

»Er ist kein Junge. Er ist geschieden.«

»Oh, ich vergaß. Und er ist ein Dealer.«

»Das weißt du nicht genau.«

»Ich habe doch Augen im Kopf, oder?«

Banerjhee füllte jedes Glas zur Hälfte. »Leben und leben lassen, wie wir Pharisäer zu sagen pflegen, bevor wir die Secret-Witness-Hotline anrufen, mit dem Ergebnis, dass er von fünf bis sechs College-Studenten ersetzt wird.«

Lautes Gelächter drang über den Zaun.

»Erinnerst du dich, wie ein Mieter von gegenüber uns zwingen wollte, den Redwood zu fällen, weil sein Satellitenreceiver schlechten Empfang hatte?«

Zwei Autotüren wurden zugeknallt.

Banerjhee kniff die Augen zusammen. »Klar und deutlich.«

Prides BMW sprang an und seine Reifen quietschten munter, als er rückwärts auf die Straße fuhr.

Madja hockte vor dem Kühlschrank, förderte diverse Packungen und Plastikbehälter zutage und stellte alles auf der Arbeitsplatte ab.

»Mmmmh, verschimmelter Spargel mit Penne und eiskaltem Olivenöl. Puh!«

Sie reichte eine Plastikdose über ihre Schulter und Banerjhee versenkte sie nachsichtig lächelnd im Mülleimer unter der Spüle. »Wann essen wir schon die Reste, die du aufhebst? Wir sind nur noch zu zweit.«

»Als wir in San Francisco gewohnt haben«, eigentlich sprach Madja mit dem Kühlschrank, »war da immer irgendein Obdachloser, dem man so was geben konnte.«

»Ja«, sinnierte Banerjhee. »Entweder auf dem Weg vom Restaurant zum Auto oder auf dem Weg vom Auto zum Apartment.«

»Ständig«, bestätigte sie. »Ich kann mir das nicht abgewöhnen. Ich hasse es, Essen wegzuwerfen. Bei diesen Portionen, die sie einem heutzutage servieren.«

»Vor allem in indischen Restaurants«, erinnerte sie Banerjhee.

»Es ist ein Skandal«, bekräftigte Madja, allerdings ohne große Inbrunst. »Da wir gerade davon sprechen, hier ist noch ein Curry.«

Banerjhee nippte an seinem Wein und sah aus dem Küchenfenster, wo die untergehende Sonne das obere Drittel des Redwoods in strahlendes Gold tauchte. »Nein, danke.«

Madja lüftete den Deckel einer Plastikbox, schnüffelte misstrauisch und öffnete den Deckel etwas weiter. »Ein bisschen über die Zeit, glaube ich.«

»Schatz, wir waren vor etwa zwei Wochen in diesem Restaurant, vielleicht waren es auch drei.« Einmal im Monat gestatteten sie sich, essen zu gehen.

Sie verzog das Gesicht. »Das in Concord?«

»The Star.«

Sie gab ihm die Box und fuhr mit dem Sortieren der anderen fort. »Wir könnten uns eine Tajine machen.«

Banerjhee warf den Inhalt der Dose in den Mülleimer und schloss die Tür des Unterschranks. »Dauert zwei Stunden. Drei, wenn wir noch Zutaten besorgen müssen.«

»Das ist wahr.«

»Samstag mache ich uns eine.«

»Okay.« Madja dachte einen Moment nach. »Und heute Abend?«

»Eins von deinen Omeletts.«

Madja hockte sich auf ihre Absätze und sah zu, wie er die Plastikdose ausspülte. Nachdem er das Wasser abgestellt und sich das Geschirrhandtuch geschnappt hatte, stöberte sie weiter. »Eier.«

Banerjhee beobachtete sie, während er den Deckel abtrocknete. Sie war dunkel und schlank. Bis auf ein paar Lachfältchen, die von den Augenwinkeln ihrer großen schwarzen Augen ausgingen, durchzog kaum eine Falte ihr glattes Gesicht. Ihr Haar war lang und, von einer auffälligen grauen Strähne an ihrer linke Schläfe mal abgesehen, noch genauso schwarz wie an dem Tag, an dem er sie kennengelernt hatte. Sie waren seit dreißig Jahren verheiratet und er liebte sie sehr. »Aber reicht dir das denn, BJ?«, fragte sie den Kühlschrank. »Bist du sicher?«

»Ich bin mir sicher. Eine leichte Mahlzeit reicht völlig aus, wenn man nach dem Essen zwei oder drei angenehme Stunden mit Lesen verbringen möchte.«

»Sehr schön. Das hört sich gut an.«

»Und du? Hast du mittags was gegessen?«

Sie stand auf, die Arme voll mit einem Karton Eier, Milch, Frühlingszwiebeln und einem Stück Monterey-Jack-Käse, und schloss die Kühlschranktür mit der Schulter. »Nein. Doch. Am Konferenztisch.«

»Eine Besprechung?«

Sie machte sich daran, die Sachen auf der Arbeitsfläche neben dem Herd abzustellen. »Nein, die neue Praktikantin ist heute nicht aufgetaucht, nachdem sie so gut wie nichts bearbeitet hatte. Also war's an mir, sich drum zu kümmern, sonst wäre es liegen geblieben. So viel zur Mittagspause«, sagte Madja mit einem Achselzucken.«

»Nicht mal 'ne Kleinigkeit?«

»Imogene hat mir einen Kaffee und Sushi gebracht.«

»Igitt«, sagte Banerjhee.

Madja zuckte wieder die Achseln. »Hätte schlechter kommen können.« Sie trank einen Schluck Wein. »Das ist besser.« Sie stieß mit dem Rand ihres Glases gegen seines. »Das ist viel besser.«

3

Genau genommen wusste Banerjhee mehr über Pilze, als Toby Pride je wissen würde. Man könnte auch sagen, wenn Pride sie auswendig kannte, dann kannte Banerjhee sie in- und auswendig.

Seit dem Umzug von San Francisco nach Walnut Creek hatte Banerjhee als Pharmakologe für SynBad, Inc. gearbeitet. Seine Firma engagierte sich auf dem Gebiet der Isolation und synthetischen Herstellung von pharmazeutischen Wirkstoffen aus einheimischen Pflanzen und Banerjhee, der einen Abschluss in organischer Chemie hingelegt hatte, mit Mathematik als Nebenfach und einer Magisterarbeit in Pharmakologie, leitete das Labor für Qualitätskontrolle. Seine Assistenten und er nahmen Proben und testeten die Produkte, eine verantwortungsvolle Aufgabe, die Banerjhee als äußerst wichtig ansah. Ein Test, der bei seiner Auswertung eine leichte Abweichung oder Kontamination bestätigte, wäre von seinem Vorgänger mit einem Achselzucken und der Lieblings-Plattitüde abgetan worden: »Wenn es gut genug ist für Affen, ist es gut genug für Menschen.« Dagegen setzte das Labor unter Banerjhees Leitung Maßstäbe für die Industrie.

Peu à peu betrieben die vier Chemiker, die das Unternehmen gegründet hatten, die Umwandlung in eine Aktiengesellschaft, beriefen einen neuen Vorstand und begannen, ihre Anteile zu veräußern. Innerhalb von sechs Monaten setzten sich alle vier zur Ruhe. Drei warfen ihr Kapital in einen Topf und erwarben ein Weingut in Napa County.

Binnen Jahresfrist verstarb der Vierte auf einem Golfplatz an einem Aneurysma. Samt und sonders verließen diese Männer, die Banerjhee zwölf Jahre lang beinahe täglich gesehen hatte, die Firma, ohne dass er ihnen jemals wieder begegnet wäre.

Schon bald enterten Venture-Kapitalisten die Vorstandsetage, Headhunter warben Führungskräfte aus dem entlegenen Bereich eines ominösen, international agierenden Pools für Management-Talente an, die Kapitalströme flossen bergan, während die Summe der Verbindlichkeiten stieg. Der Forschungsetat wurde radikal gekürzt, ein stellvertretender Arbeitsdirektor eingestellt, der Klarschiff machen sollte. Als der letzte in den Fokus geratene Angestellte gefeuert oder in den vorzeitigen Ruhestand gedrängt worden war, lief der Vertrag des Stellvertretenden aus. Auf diese Weise, so die Überlegungen in der Vorstandsetage, gäbe es niemanden im Management, auf den sich die Ressentiments des verbliebenen Personals konzentrieren könnten. Nachdem der Stellvertretende in Begleitung zweier mit Klemmbrettern und Palmtops bewaffneter Anzüge Banerjhees Labor einen Besuch abgestattet hatte und obwohl es vielleicht der effizienteste, unverzichtbarste Bereich des Unternehmens war, erklärte er das Labor als zu personal- und kostenintensiv, mit der Bemerkung, dass man mit Outsourcing eines Großteils seiner Aufgaben die Kosten um zwei Drittel reduzieren könne. Banerjhees Abteilung wurde vor seinen Augen dezimiert. Talent und Mittel verdampften. Schon bald musste er die Studien selbst betreiben und die Ergebnisse bis spät in die Nacht und an den Wochenenden dokumentieren, um auf dem Laufenden zu bleiben. Madja fiel diese Mehrbelastung auf, sagte aber nichts, da sie wusste, wie sehr er seine Arbeit liebte.

In der Zwischenzeit durchlief Sam die Mittel- und Oberstufe der Highschool und hatte das erste Jahr am College beinahe hinter sich, ohne dass sich Banerjhee um ihn hätte kümmern können.

Schließlich wurden Druck und Arbeitsbedingungen derart unerträglich, dass er eine Abfindung – genug, um Sam für zwei oder drei magere Jahre in Verbindung mit einem Teilstipendium das College zu ermöglichen – dem drohenden Burnout vorzog. Doch es fiel Banerjhee schwer, diesen Handel anders als ein Versagen zu betrachten. Noch nie in seinem Leben hatte er einen Job hingeschmissen oder ein Projekt aufgegeben, nie einen Angestellten im Stich gelassen, ihm wurde noch nie gekündigt, aber dieses Ende schmeckte nach allem. Es roch zudem nach Ungerechtigkeit, doch bevor er Luft holen konnte, wurde SynBad an einen Mischkonzern verkauft, dem mehrere Mobiltelefongesellschaften zuzuzählen waren, ein Radkappen- und Felgenhersteller, einige Radiosender, ein Vertrieb für Kabelfernsehen, eine Ladenkette für Tauchsportausrüstung, ein Bademodenhersteller, eine hundertfünfzig Jahre alte, in Hongkong ansässige Firma, die pflanzliche Potenzpillen herstellte, und eine kleine Klitsche, die Golfschläger aus Karbonfaser für fünftausend Dollar das Stück produzierte. Als Erstes wurden die Schlösser getauscht. Als Nächstes machte man sämtliche Versorgungsansprüche der SynBad-Angestellten zu einer Sache für die Gerichte – darunter fiel neben seiner Krankenversicherung auch Banerjhees Rentenpaket samt Pensionsfonds und nicht ausgeübter Aktienoptionen, die gut die Hälfte seiner Abfindung ausmachten – mit dem aus juristischer Sicht faszinierenden Argument, da ein früheres Management diese Verbindlichkeiten eingegangen sei, das neue Management keinerlei Verpflichtung habe, diese zu übernehmen und ihnen nachzukommen.

Vierzehn Jahre vertrauensvoller Zusammenarbeit.

Als Vertreter einer kleinen Gruppe langjähriger Angestellter suchte Banerjhee das Gespräch mit der neuen Arbeitsdirektorin, die, ohne einen Blick darauf zu werfen, eine umfangreiche Zusammenstellung zu juristischen, ethischen und zu Fragen der Krankenversicherung von ihm entgegennahm und seine Ausführungen mit erhobener Hand abschmetterte.

»Hören Sie, Mr. …«, sie warf einen Blick auf ihren Terminkalender, »Mr. Rolf. Lassen Sie uns eines klarstellen«, sie wies den Ringfinger der einen Hand mit dem grell lackierten Nagel des Zeigefingers der anderen in die Schranken, »die gegenwärtigen Eigentümer von SynBad, Inc. haben vornehmlich ein Interesse: das Fett abschneiden, auf diese Weise die Zahl unter dem Strich freundlicher gestalten, um sich in die Position zu bringen, das Unternehmen mit Profit zu veräußern, und die Verbindlichkeiten in Form von Auszahlungen verschiedener ziemlich lästiger Junk Bonds gerieten da zur Belastung einer fremdfinanzierten Firmenübernahme. Bestehende Ansprüche machen achtundvierzig Prozent des besagten Fettes aus, darauf richtet sich das Augenmerk und Sie können nicht erwarten, dass man da nicht rangeht.« Diverse Armreifen klimperten an ihrem Handgelenk, als sie den erhobenen Zeigefinger bewegte. »Zweitens.« Über ihre Finger hinweg blickte sie Banerjhee in die Augen. »Es ist nichts Persönliches.«

Nachdem er von einem jungen Wachmann zur Tür begleitet worden war, schlenderte Banerjhee über den Parkplatz und blieb, obwohl er seinen Econoline noch nicht erreicht hatte, mit einem Male stehen, stocksteif, wie vom Donner gerührt. Bisher war es ihm nie aufgefallen, doch jetzt spürte er, dass jenseits der milden Atmosphäre der kalifornischen Umgebung etwas Raues, Unheilvolles schlummerte. Das helle Sonnenlicht, sonst ein Grund, vergnügt zu blinzeln und eine Sonnenbrille aufzusetzen, wirkte jetzt beklemmend, nahezu heimtückisch, wenn nicht sogar gefährlich, so, wie es von einem Mann empfunden würde, der in einem Beiboot säße, auf offener See, ohne jeglichen Antrieb, ohne Hemd und ohne Trinkwasser. Die kühlen Ausläufer pazifischer Luftmassen, die sich oft bis weit ins Landesinnere schieben und den Geschmack nach Salz und einen Hauch See im Gepäck haben, waren nicht kräftig genug, um seine Platzangst zu vertreiben. Der Asphalt des Parkplatzes, der ihm die Fußsohlen zu verbrennen schien, offenbarte seine wahre Identität als ein weiteres Syndrom der sich wie eine Seuche verbreitenden Krebserkrankungen. Banerjhee hatte das Gefühl, zwischen Himmel und Asphalt zermalmt zu werden. Der Anblick seines zehn Jahre alten Econoline, der aussah, als hätte er sich von einer Weide hierher, auf dieses Feld voller beinahe militärisch anmutender neuer Maschinen verirrt, war ihm nur ein schwacher Trost. Er sah sich um, zögerlich, unsicher, als hätte er eine Wandlung durchlaufen und wäre von jemandem, dessen Namen er bereits vergessen hatte, in ein ihm unbekanntes Videospiel befördert worden.

Der Parkplatz grenzte an einen breiten, belebten Boulevard und auf der anderen Seite, einem aufgescheuchten Schwarm Rotdrosseln gleich, erhoben sich die kirschroten Blüten einer prächtigen Bougainvillea drei Stockwerke hinauf bis zum Schornstein einer weißen Stuckvilla. Front und Seiten des feudalen Eigenheims waren sorgfältig bepflanzt mit Palmlilien, Euphorbien, Zinnien, Usambaraveilchen, Geranien, Mittagsblumengewächsen, diversen anderen Sukkulenten, sogar mit einer fruchttragenden Opuntia, alles fachmännisch gepflegt, alles in voller Blüte. In der Einfahrt stand ein Cherokee, schwarz und glänzend und so nagelneu, dass sich noch das Nummernschild des Händlers daran befand. Die Fenster des Hauses waren blitzblank, die Eingangstür stand offen. Auf dem Bürgersteig, vor dem Briefkasten, hatte ein Makler seinen OPEN-Aufsteller platziert.

Wie betäubt schlenderte Banerjhee hinüber. Doch er ging den Weg nicht unbewusst. So hatte er um die zweihundert Meter parallel zur anderen Straßenseite zurückzulegen und den Knopf einer Fußgängerampel zu betätigen. Nachdem er ungefähr zehn Minuten gewartet hatte, hastete er über den sechsspurigen Boulevard, selbst dann noch, als die zwei Sekunden währende Grünphase sich der nächsten Rotphase geschlagen geben musste. Er hatte gerade den Bordstein erreicht, als ein schwarzer Lincoln Navigator im Leerlauf, dessen gewaltige Stoßstange bereits in der Rotphase in den Fußgängerüberweg hineingeragt hatte, unvermittelt hinter ihm beschleunigte und den Hacken seines noch in Aktion befindlichen Fußes um Lineallänge verfehlte.

Der Makler sprach mit starkem schottischem Akzent und war durchaus gewillt, auch einen Laufkunden zu belatschern. Er reichte Banerjhee einen Handzettel, auf dem die vielen Vorzüge des Hauses auf einer einzigen Seite zusammengefasst und mit einem Foto versehen waren. Hervorragende Schulen, Gastronomie, ein Fitnessstudio, Einkaufsmöglichkeiten, ein Multiplexkino mit 12 Leinwänden, Fast-Food-Restaurants, Anbindungen an zwei Freeways, alles in unmittelbarer Nähe, dazu ein »Spitzenunternehmen in direkter Nachbarschaft« – wollte sich der Makler eventuell eine hierher versetzte Führungskraft angeln? –, neue Einbauküche, Elektrogeräte mit Edelstahlfronten, ein Gastro-Allgasherd mit 6 Brennern, Küchenschränke aus Ahorn, Arbeitsplatten aus Granit, 3 1/2 Marmorbäder, Garage für drei Fahrzeuge, drei Schlafzimmer, Heimkino, Elektrik und Versorgungsleitungen auf dem neuesten Stand, Fußböden aus Hartholz, Kamin, neue Waschmaschine samt Trockner, frisch instandgesetztes Dach, Glasfaserkabelanschluss, der Vertrag mit der Landschaftsgärtnerei für ein Jahr im Voraus bezahlt.

Für 3.495.000 Dollar eine echte Gelegenheit.

Banerjhee sah sich um und hatte den Eindruck, dass trotz des stolzen Preises nichts, aber auch gar nichts an diesem Haus atmosphärisch oder architektonisch von Reiz sei. Ein Innenausstatter hatte sich bei der Gestaltung des Wohnbereiches auf Vorhänge, Sofa und frische Blumen beschränkt. Auf der Kücheninsel standen eine Schüssel mit Äpfeln, ein Weinregal mit jeweils einer Flasche Weiß- und Rotwein, dazu zwei langstielige Weingläser. Über dem Kaminsims hing ein Poster, John Lennon, Hände in den Hosentaschen, Nickelbrille, starrer Blick in die Kamera, darunter die Bildunterschrift »Imagine …«.

Zurück an der Eingangstür, kam es Banerjhee in den Sinn, dass man mit dem Makler noch ein paar Lügen austauschen könne. »Nettes Haus.«

Es war schon spät am Nachmittag und vermutlich waren nicht viele Interessenten gekommen. Der Makler riss sich von seiner Lektüre los, einer Taschenbuchausgabe von *Trainspotting*. »Viel bessere wird man nicht finden, mein Freund, nicht zu diesem Preis.«

Banerjhee mochte den Akzent. Er warf einen Blick in den Verkaufsprospekt. »Dreieinhalb sozusagen.«

»Das Grundstück hier hinten ging vor gut drei Monaten für vier weg. Bei dem Baby wird's keine Verzögerungen geben von wegen Schädlingskontrolle, Dach oder Fundament. Es ist absolut in Schuss.«

Er sah sich um und senkte die Stimme. »Es gibt vier Angebote knapp unter dem Kaufpreis und gerade habe ich mit einem Mädel telefoniert, die noch mit ihrem Verlobten vorbeikommen will, um es näher in Augenschein zu nehmen.«

»Das wundert mich nicht«, meinte Banerjhee. »Es ist erstklassig. Und wie lange steht es schon zum Verkauf?«

»Gerade erst war die Maklerbegehung und heute ist der erste Besichtigungstermin.«

»Wie lange kann man es sich heute ansehen?«

Der Makler warf einen Blick auf seine Uhr. »Sobald das Mädel und ihr Partner ihren Rundgang beendet haben, fahre ich zurück ins Büro. Ungefähr in zwei Stunden.«

»Dann muss man sich ranhalten.«

»Ja, so ein Objekt verkauft sich quasi von allein«, bestätigte der Makler.

»Gehe ich recht in der Annahme, dass Ihre Provision Verhandlungssache ist?«, fragte Banerjhee.

Der Mann zwinkerte, dann lächelte er. »Ihre Annahme ist leider falsch, Sir.«

»Wird die Provision nicht zwischen Ihnen und dem Makler des Käufers aufgeteilt?«

»Das ist richtig, Sir. Aber welche Absprachen der Makler mit seinen Klienten trifft, ist seine Angelegenheit oder ihre. Der Verkäufer hat dieses Grundstück von meiner Firma erfassen lassen, und meine Firma besteht auf die volle Provision, ohne Wenn und Aber, vor allem angesichts der derzeitigen Marktlage, wenn Sie verstehen, was ich meine.«

»Marktlage.«

»So ist es.«

»Wird der Kaufvertrag über den Eigentümer abgewickelt?«

Im Anschluss an diese Frage gab es ein kleines Schweigen. Schließlich sagte der Makler: »Sie scheinen sich in diesem Metier nicht sonderlich auszukennen.«

Banerjhee zog eine Augenbraue hoch. »Das ist wahr.«

»Darf ich mir dann die Frage erlauben, womit Sie sich auskennen?«

Banerjhee wies in Richtung Boulevard und kam sich dabei richtiggehend … raffiniert vor. »Die haben mich gerade angeheuert. Normalerweise übernimmt die Personalabteilung die Suche nach einem Haus, zusammen mit meiner Frau. Aber da meine Frau in Anaheim mit Kistenpacken beschäftigt ist und mein Sohn noch zur Schule geht, habe ich mir gedacht, ich schau mich selbst mal um.«

»Anaheim.« Der Makler sah an Banerjhee vorbei. »Da ist doch der Sitz der Truppe, die SynBad, da drüben auf der andern Seite, übernommen hat.«

»In der Tat.«

Die Augen des Maklers begannen zu funkeln. »Hab gehört, die sollen irgendwie den Biotech-Zug verpasst haben.«

Na schön, dachte Banerjhee. »Genau deswegen haben wir SynBad übernommen. Mit einer einzigen Akquisition bringen wir die Dinge wieder ins Lot.«

»Wirklich?«, fragte der Makler leise. »In diese Richtung soll's gehen?«

»Mit Volldampf.«

Der Makler klopfte sich mit der Hand auf die linke Schulter. »Ich hab in den Nachrichten diese Maus gesehen. Aus ihrem Rücken wuchs ein menschliches Ohr.«

Er zupfte an seinem linken Ohr. »So groß.«

Diese Geste sorgte für Banerjhees erstes Lächeln an diesem Tag. »Sie würden staunen, wenn Sie wüssten, was die da drüben alles machen.«

»Seid ihr da drüben«, der Blick des Maklers schoss hin und her, »an der Börse?«

»Aber ja«, erwiderte Banerjhee wie im Vertrauen. »Der Name des Unternehmens lautet Second Bounce, LLP.«

Der Makler klickte auf einen Kugelschreiber und machte sich eine Notiz auf dem ersten Exemplar eines ganzen Stapels von Verkaufsprospekten.

»Das Aktien-Symbol ist SBNC«, fügte Banerjhee hilfsbereit hinzu und wandte den Kopf, um dem Mann beim Schreiben zuzusehen.

»Ich sag Ihnen was.« Pedantisch legte der Makler seinen Stift parallel zum Rücken seines Buches, genau in die Mitte zwischen Mobiltelefon und Paperback. »Der Eigentümer scheint an Barem interessiert zu sein, obwohl ich das nicht nachvollziehen kann. Verglichen mit seinem neuen Haus, sieht das hier aus wie ein besserer Schweinekoben. Wie auch immer, dreißig Prozent bar auf den Tisch dürften seine Aufmerksamkeit wecken. Wie Sie es finanzieren, liegt natürlich bei Ihnen. Sie verfügen bereits über die Vorab-Genehmigung Ihrer Bank, nehme ich an?«

»Über einen Kredit von dreieinhalb Millionen?«, fragte Banerjhee ungläubig.

Der Makler hob eine Augenbraue. Offensichtlich hatte er mehr als einmal die Hand eines nervösen Käufers geschüttelt. »Wenn Sie dreißig Prozent Eigenkapital haben, das wären …« Er fischte einen Taschenrechner aus der Brusttasche seines Jacketts und hämmerte einige Zahlen ein. Banerjhee hatte längst die Summe von eins Komma null fünf Millionen im Kopf und ihm fiel auf, dass auch dieser Taschenrechner wieder einmal zu der Sorte gehörte, mit der man lediglich addieren, subtrahieren, multiplizieren und dividieren konnte.

Nach mehreren Versuchen las der Makler das Ergebnis vom Display ab: »Eine Million achtundvierzigtausendfünfhundert Dollar. Das ist Ihr Eigenkapital. Dazu kommen die Kosten für die Abwicklung – Grundbucheintrag, Wertüberprüfung und so weiter. Sollten Sie über diesen Betrag verfügen, können Sie mit Sicherheit von jedem Kreditinstitut ein entsprechendes Darlehen für die dann ausstehende Summe bekommen und sich selbst für einen Abschluss ins Rennen bringen, der sich dicht an den Vorstellungen des Verkäufers bewegt.« Er spielte mit dem Schlüsselbund. »Nebenbei bemerkt, die Faustregel besagt, dass für eine Immobilie wie diese – Hypothek, Versicherungen, Unterhalt, Steuern und so weiter – jährliche Kosten in Höhe von zehn Prozent des Darlehens anfallen, also rund eine Viertelmillion oder zwanzigtausenddreihundertsiebenundachtzig Dollar im Monat.« Der Makler tippte mit einem resoluten Fingernagel auf das Display des Taschenrechners und zwinkerte Banerjhee zu. »Kein Hindernis für ein stolzes Pferd, wie Robbie Burns zu sagen pflegte, und zudem ein Mordsinvestment.«

Banerjhee nickte abwesend und lächelte verhalten, als hätte der Makler ein sonderbares Rätsel für ihn gelöst.

»Ich denke auch, dass er das so gesagt hätte, er, der so viel Verständnis hatte für Mäuse und Menschen, insbesondere für Frauen.«

Der Makler steckte den Taschenrechner zurück in die Brusttasche. »Kann ich sonst noch was für Sie tun?« Banerjhee bat um seine Visitenkarte.

Zurück auf dem Parkplatz, setzte er sich in seinen Van und fuhr los. Die gestreifte Schranke am Sicherheitstor blieb unten und der Wächter bat Banerjhee, einen Moment zu warten. Ein paar Minuten später kam er mit einem Klemmbrett zurück und sagte: »Ihr Name steht auf der Liste, Mr. Rolf. Ich muss Sie um Ihre Parkerlaubnis bitten, bevor Sie das Gelände verlassen.«

»Aber, Wycliff«, er zeigte auf die Windschutzscheibe, »es ist ein Aufkleber.«

Wycliff zog eine Wegwerf-Klinge unter der Federklemme seines Bretts hervor.

Banerjhee betrachtete sie.

»Entschuldigung, Sir.« Der Wächter zuckte mit den Achseln. »Ich tu nur meine Arbeit.«

Banerjhee machte sich daran, den Aufkleber an der linken unteren Ecke der Windschutzscheibe abzuschaben. Ab und an nahm er Schnipsel vom Armaturenbrett und reichte sie durchs Fenster an Wycliff weiter, der, die Handfläche ausgestreckt, geduldig wartete.

»Machen Sie das oft?«, fragte Banerjhee, verärgert, mit welcher Hartnäckigkeit sich der letzte Quadratzentimeter des Aufklebers widersetzte, der sich zudem zu dicht am Armaturenbrett befand, um mal locker abgekratzt zu werden.

»Nicht mehr so oft, Sir«, antwortete Wycliff mit leichter Wehmut in der Stimme. »Mehr oder weniger sind alle dran. Hier ist keine angenehme Atmosphäre mehr.«

Banerjhee reichte ihm die letzten Reste des Aufklebers. »Oh.« Er nahm die Visitenkarte des Maklers vom Beifahrersitz, knautschte sie zusammen und legte sie Wycliff auf die Handfläche. »Wenn es Ihnen nichts ausmacht?«

»Natürlich nicht, Mr. Rolf.« Drinnen, im Wachhäuschen, leerte Wycliff seine Hand über einem Papierkorb und anschließend gab ihm Banerjhee die Klinge zurück. Als Wycliff sie wieder unter sein Brett klemmte, sagte er:

»Manchmal frage ich mich, wie lange ich noch hier sein werde.«

»Keine Sorge, Wycliff«, versicherte Banerjhee dem freundlichen Wächter, »dieser Verein wird immer ein Bedürfnis nach Sicherheit haben.«

»Ja, Sir.« Wycliff gestattete sich ein kleines Lächeln, als er in das Wachhäuschen zurückging. Die gestreifte Schranke hob sich um 90 Grad und Wycliff berührte seine Stirn mit der Hand und sagte: »Viel Glück, Mr. Rolf.«

4

»Ich denke, du solltest fahren.«

Madja verzog ein wenig das Gesicht. »Ich möchte gerne.«

»Ich bin froh, dass du fährst.«

»Was ist mit dir?«

Er zuckte mit den Achseln. »Wahrscheinlich werde ich verhungern.«

Sie lächelte und berührte sein Gesicht. »Hast du Hunger?«

Er hielt ihre Hand fest. »Ja. Du nicht?«

»Ein wenig. Mal sehen, was wir dagegen tun können.« Sie bereitete einen Caesar Salat zu, mit reichlich Knoblauch. Banerjhee öffnete eine Flasche Wein, röstete Croûtons in Olivenöl, füllte einen kleinen Krug mit Mineralwasser und gab eine Orangenscheibe hinein. Als alles fertig war, setzten sie sich einander gegenüber an den Küchentisch und erhoben die Gläser.

»Sieh zu, dass Sam mit dir ins Museum of Science and Industry geht«, sagte Banerjhee. »Es soll großartig sein.«

»Was ist mit der Playboy Mansion?«

Banerjhee runzelte die Stirn. »Ist die nicht in Los Angeles?«

»Oh, ich …«, Madja lachte, »ich hab wirklich keine Ahnung.« Banerjhee lachte ebenfalls.

»Nirgends ist es so schön wie hier«, stellte Madja fest.

»Oder wie der Spinner von nebenan«, Banerjhee deutete mit dem Kopf Richtung Nachbarhaus, »vor ein paar Tagen zu mir gesagt hat, wenn hier noch Pilze wachsen würden, könnte man von einem Paradies reden.«

»Dann sollte er mal eine Reise nach Uttar Pradesh machen.« Madja legte sich eine Serviette auf den Schoß.

»Aber warum sagt er so was? Steht er auf Fungi zum Bier?«

»Auf seiner Pizza vielleicht«, sagte Banerjhee. »Aber ich vermute, er bezieht sich auf Psilocybe mexicana, auch bekannt als Teonanacatl, und diverse andere Arten halluzinogener Fungi. Ich bezweifle, dass er eine bestimmte Vorliebe hat.« Banerjhee schenkte Wasser ein. »Da gibt es einen, Liberty Cap genannt, Psilocybe semilanceata, dessen Verbreitungsgebiet reicht von der Olympic-Halbinsel bis zum nördlichen Teil British Columbias. Ein paar davon, richtig getrocknet, würden Mr. Prides Schädeldecke abheben lassen.« Er zeigte mit dem Daumen auf zwei Glieder seines kleinen Fingers. »Er ist ungefähr so groß, von klebriger Konsistenz und ähnelt wie nichts in der Welt einem kleinen, beschnittenen Penis.«

»Ich weiß genau, wovon du sprichst.«

»Hey.«

»Jedenfalls nicht vom gemeinen Fliegenpilz.«

»Ganz im Gegenteil. Richtig getrocknet, haben sie's ziemlich in sich. Der psychoaktive Wirkstoff heißt Psilocybin. In großen Dosen verabreicht, können stark beeinträchtigende Nebenwirkungen auftreten – Sprachstörungen, Kribbeln oder Taubheit in den Extremitäten, solche Sachen eben. Ähnlich wie bei den Mietern nebenan, wenn man lange genug wartet, verschwinden sie von allein.«

Madja sagte: »Können wir über etwas anderes reden?« Banerjhee zwinkerte ihr zweimal zu. »Sicher.«

Madja platzierte ihre Gabel gezielt an den Tellerrand, legte beide Hände in den Schoß und sah ihrem Mann in die Augen. »Ich werde mich nach einem Job umsehen, wenn ich in Chicago bin.«

Hätte ein Höhenmesser an der Wand gehangen, hätte Banerjhee ihn reflexartig gecheckt. Zwar waren seine Ohren nicht dicht, aber seine Eingeweide erfuhren den Effekt eines rasanten Höhenabfalls, den man eher dem Manöver eines Sprühflugzeugs hätte zuschreiben können als einem Abendessen in einer friedlichen Vorortküche.

»Du bist doch derjenige, der schon immer die Meinung vertreten hat, dass, hat man erst mal die kalifornische Staatsgrenze erreicht, man genauso gut weiterfahren kann«, erinnerte ihn Madja.

»Es ist ... kalt in Chicago«, sagte er und kam ohne Umschweife zum Kern.

»Lass mich doch ausreden.«

»Nein«, sagte er kraftlos.

»Es ist zu deinem Besten.«

»Ich fühle mich bestens, so wie es jetzt ist.«

»Banerjhee ...«

Nun legte Banerjhee seinerseits die Gabel an den Tellerrand, ohne den Salat zuvor angerührt zu haben. Bei der Betrachtung der einsamen Anchovis auf dem Salat kam ihm der traurige Gedanke, dass sie möglicherweise ohne triftigen Grund dahingeschieden sein könnte.

Bekümmert sagte Madja: »Ich hätte damit warten sollen, bis ...«

»Ich höre zu«, sagte Banerjhee zu dem Fisch.

»Also gut«, begann sie nach einer Weile. »Wir könnten Sam öfter sehen. Ich bin sicher, wir müssen ihn nicht überreden, sonntags zum Essen zu uns zu kommen. Überleg mal. Seit er fort ist, haben wir ihn nicht mehr gesehen.«

»Ich hab auch nicht viel von ihm gesehen, bevor er fortgegangen ist«, bemerkte Banerjhee. »Genau wie du. Ich glaube, dich belastet das mehr. Wenn eine Frau sieht, wie ihr Sohn zum Mann wird –«

»Oh, BJ«, schnitt sie ihm das Wort ab, »komm mir nicht mit dem Quatsch.«

Banerjhee lächelte. »Es gab eine Verzögerung bei der Mobilisierung eines Geistesblitzes.«

»In dir schlummern mehr als einer«, erwiderte sie streng, »bedien dich ihrer.«

Banerjhee nickte verhalten. »Eine Schande, das Essen zu vergeuden.«

»Dann iss doch, während ich rede. Bisher hat dich das nie abgehalten.«

»Stimmt.« Banerjhee nippte am Wein, schmeckte mit den Lippen nach und nahm noch einen Schluck. »Kowabunga«, sagte er und hielt das Glas ins Licht. »Welch eine Chemie!«

Madja warf einen Blick auf ihr eigenes Glas, als fiele ihr gerade ein, dass es existiere. Sie nippte dezent daran.

»Er ist sehr gut«, stimmte sie zu und stellte das Glas hin. Als Banerjhee zu einer Erwiderung ansetzen wollte, sagte sie: »Ich bin überzeugt, man bekommt auch in Illinois kalifornische Weine.«

»Aber –«

»Und in Illinois kann man sie sich wenigstens leisten.«

»Aber das ist nicht fair, Madja. Ich bin extrem genügsam.«

»BJ«, sagte sie entschlossen, »willst du mir jetzt zuhören oder dasitzen und über Weine schwadronieren?«

»Ich höre zu, ich höre zu.« Er nahm seine Gabel und verabreichte sich einen Bissen Römersalat. Trotz seines Unbehagens, oder gerade deswegen, schmeckte Madjas Dressing köstlich. Das allabendliche Kochen für sie beide, für sie drei, als sie noch zu dritt gewesen waren, das immer seltener werdende Kochen für drei oder vier Gäste bereiteten Madja in mehr als einer Hinsicht großes Vergnügen, vor allem aber hatte Kochen die Funktion eines Gegenmittels für ihren Job. Und in beidem war sie sehr gut.

»Na schön«, sagte sie. »Ich werde nicht davon anfangen, dass wir unser ganzes Leben in Kalifornien verbracht haben, dass wir Kalifornien lieben, dass sich Kalifornien zum Schlechten verändert hat und dass wir nicht mehr hierher gehören.«

»Gut, denn ich kann das nämlich alles nicht mehr hören. Trotzdem ist Kalifornien unsere Heimat. Wir wählen. Wir –«

»Ich habe Sam als Argument bereits erwähnt. Überleg doch mal, was es bedeutet, drei oder vier Jahre in der Nähe unseres Sohnes zu leben, dem einzigen Menschen auf der Welt, der uns wirklich etwas bedeutet.«

»Wenn er an eine medizinische Fakultät im Nordwesten oder in Chicago geht, könnten zehn oder zwölf Jahre daraus werden«, gab Banerjhee düster zu bedenken.

»Sag mal, Vögelchen, bist du dir sicher, dass Sam uns so präsent in seinem Leben haben will?«

»Natürlich will er das. Er weiß, dass die Familie wichtig ist und wir alles sind, was er hat. Wir haben doch nur einander. Außerdem, was soll zu präsent daran sein, wenn man mit seinen Eltern sonntags zu Mittag isst? Ansonsten ist er viel zu beschäftigt, um uns zu besuchen. Deine Bibliothek wird sicher nach Chicago verfrachtet. Ich finde einen Job, der mindestens so interessant ist wie der momentane, wenn nicht sogar interessanter.«

»Okay. Was ist –«

»Keine Sorge, ich werde weder seine Wäsche waschen noch sein Apartment sauber machen. Sam wird auch nicht bei uns einziehen. Du könntest ihm jedoch in organischer Chemie auf die Sprünge helfen.« Madja probierte jetzt ihren Salat. »Er wollte irgendwas über Mendelejew wissen.«

»Ah.« Banerjhees Miene hellte sich auf. »Das Periodische System der Elemente. Was für ein Paukenschlag.«

Sie kaute mit Bedacht und fügte dann hinzu: »Es würde dir so viel Freude bereiten, Sam beim Studium zu helfen.«

»Ich könnte ihn zum besten Chemiker Chicagos machen.«

»Zweifellos. Und du würdest nicht nur an Neutronensterne und an diesen Trottel von nebenan denken.«

»Also werden wir diesen Trottel, die milden Winter und hohen Lebenshaltungskosten hier zurücklassen, aber nicht die Neutronensterne?«

»Natürlich nicht. Wohin denkst du? Vielleicht kannst du als Gasthörer am Fermi-Institut Kurse in Astrophysik belegen.«

Banerjhee lächelte.

»Wie auch immer, die Neutronensterne werden immer dabei sein. Oder?«

»Nun, das kommt darauf an, doch in der Regel existieren sie vier Millionen Jahre.«

»Gut. Es gibt nämlich noch einen weitaus wichtigeren Aspekt. Dieses Haus«, sie zeigte mit der Gabelspitze nach unten, »ist eine Menge Geld wert.«

Banerjhee biss sich auf die Unterlippe. Jetzt ging es ans Eingemachte.

»Wir können das Haus verkaufen, alles nach Chicago schaffen –«

»Bis auf den Garten«, rief Banerjhee ihr in Erinnerung.

»Bis auf den Garten«, bestätigte Madja. »Der Garten wird wohl hierbleiben müssen.«

»In Chicago schneit es«, sagte Banerjhee verzagt.

»Hast du noch nichts von Erderwärmung gehört?«

»Ich schon, aber nicht Chicago. Chicago spielt sechs Monate im Jahr Tischtennis im Keller. Chicago konsumiert Football in rauen Mengen und Eishockey. Es ...« Er nickte überzeugt. »Es ist ein grausames, kulturloses Umfeld.«

»BJ«, beharrte sie geduldig, »wir können dieses Haus verkaufen, den Rest der Hypothek bezahlen und machen einen fast unanständigen Gewinn. Zahlen keine Veräußerungssteuer, solange wir nicht mehr als fünfhunderttausend Dollar erzielen – fünfhunderttausend Dollar! –, verfrachten Mann und Maus und die Bibliothek nach Chicago, kaufen für die Hälfte ein Haus der gleichen Größe, mit dem gleichen Komfort, überschreiben es Sam im Rahmen eines Treuhandvertrages –«

»Das ist mein Mädchen.« Banerjhee lächelte.

»... richten es ein, wie wir wollen«, fuhr sie fort. »Wir kaufen einen kleinen, bescheidenen Wagen, der Schnee und Eis liebt, und können immer noch zwei-, wenn nicht sogar dreihunderttausend Dollar auf diverse Anlageformen verteilen. Welchen Weg Sam auch immer einschlagen wird, seine Ausbildung wäre damit abgesichert. Sich nie mehr Sorgen darüber machen, woher das nächste Flugticket kommt. Es gäbe überhaupt keine Notwendigkeit mehr, ein Ticket zu kaufen.«

»Es sei denn, für einen Flug nach Baja oder Florida oder Hawaii«, stellte er fest. »Wo es warm ist.«

»Nun«, sagte sie, »dann eben Flugtickets in wärmere Gefilde. Schluss mit der Versuchung, unser Zuhause zu belasten, um ein neues Auto anzuschaffen, das Badezimmer zu renovieren, um Dinge zu machen oder zu kaufen, die notwendig sind oder weil wir sie wollen. Mein Gehaltsscheck wird nicht länger hauptsächlich Hypothekenraten bedienen müssen. Und du –«, ihre Gabel wies auf Banerjhee und der warf einen wenig ernstgemeinten Blick über die Schulter, ob diese Geste auf ihn abziele, »– mein liebevoller Ehemann, brauchst dir keine Gedanken mehr zu machen, weil du arbeitslos bist. Du kannst dich nach Herzenslust deiner Astrophysik widmen.«

Es hatte Hand und Fuß, was sie sagte, wie immer. Seit über einem Jahr war Banerjhee ohne Arbeit. Madjas Job als Chefbuchhalterin einer PR-Firma mit fünfzig Angestellten hielt sie über Wasser, die Tilgungsraten für das Haus waren relativ niedrig, da nur noch sieben Jahre abzuzahlen waren, und Sam erhielt von seinem College dreißig Prozent Ermäßigung auf Bücher und Studiengebühren. Dennoch kam Banerjhee oft ins Grübeln, weshalb er vorzeitig ausgemustert worden war. Ihm war klar, dass eine aggressive Übernahme sein ehemaliges Unternehmen ruiniert hatte. Er hatte sich mit der Tatsache abgefunden, dass dem Gewinnstreben alles zum Opfer gefallen war, von dem er glaubte, es sei wichtiger, und er vertraute darauf, dass die Klage gegen SynBads Sozialleistungen scheitern würde. Aber er konnte sich nicht mit der Tatsache abfinden, dass es ihm misslungen war, in seinem Bereich einen neuen Job zu finden.

»Altersdiskriminierung« allein war keine Erklärung. Er war sehr gut in dem, was er tat, verfügte über profunde Kenntnisse, die nicht nur weit hinausgingen über die Pharmakologie, sondern sie auch sinnvoll ergänzten.

Mit ihren Bemerkungen über die sich wandelnde Kultur hingegen hatte Madja ins Schwarze getroffen. Er hatte Vorstellungsgespräche in unzähligen Personalabteilungen sowohl von Biotech-Firmen als auch von chemischen und pharmazeutischen Laboratorien hinter sich. Er hatte sogar versucht, das staatliche gerichtsmedizinische Labor von sich zu überzeugen. Doch dort bestand man auf einen höherwertigen Studienabschluss, der sich von den dreien unterschied, die er vorzuweisen hatte, und es gelang ihm nicht, sie davon zu überzeugen, ihm eine Chance zu geben; sofern die Tätigkeit Chemie, Physik, Mathematik oder Biologie umfasse, zweifelte er nicht daran, die ihm anvertrauten Aufgaben schnell meistern zu können. Tatsächlich, so Banerjhees Ausführungen in diesem Vorstellungsgespräch, gebe es wenig, was ihn mehr reizte als die Möglichkeit, die selbstgebauten Sprengkapseln des Unabombers zu untersuchen. Der Mitarbeiter des Personalbüros hatte ihn eine ganze Weile angesehen und ihm dann versichert, dass er seinen Lebenslauf an einem speziellen Ort aufbewahren werde. Erledigt – Papierkorb, so Banerjhees trockene Analyse auf seinem langen Weg durch den Flur in Richtung Ausgang, nachdem wieder einmal Labortüren aus Milchglas hinter ihm ins Schloss gefallen waren.

Schließlich ging er mit seinem Lebenslauf zu einem Headhunter. Dieser Mensch bat ihn zunächst, Platz zu nehmen, während er ausgiebig Banerjhees Unterlagen studierte. An der Wand hinter dem Schreibtisch hing eine Fotografie: der Headhunter in einem rot-weißen Hawaiihemd mit Ananasmuster, eine Hand auf der Rückenflosse eines riesigen Blauen Marlins, der kopfüber an einem Fleischerhaken über rohen, verwitterten Holzplanken baumelte.

Nach Durchsicht der Unterlagen erhob sich der Headhunter, als wolle er sich strecken, schritt zur Tür, öffnete sie, blickte schnell rechts und links den Gang hinunter, schloss die Tür und kehrte an den Schreibtisch zurück. Er tippte zweimal auf Banerjhees Ordner und sagte:

»Das ist eine vorbildliche Zusammenstellung von Bildungs- und Beschäftigungsnachweisen.«

Was sollte Banerjhee darauf erwidern?

Der Headhunter blätterte eine Seite um. »Als Sie fünfzig wurden, hatten Sie eine Routineuntersuchung. Partielle Koloskopie und so weiter.«

»Nette Erfahrung.«

Der Headhunter lächelte nicht. »Das EKG zeigte ein Herzgeräusch.«

»So war's.«

»Sie haben nichts gemerkt?«

»Nein.«

»Keine Beeinträchtigungen?«

»Nein.«

»Das ist gut. Das war wann?« Der Headhunter fuhr mit dem Finger über das oberste Blatt.

»Vor ungefähr fünf Jahren.«

»Vor acht Jahren«, korrigierte der Headhunter und verharrte mit dem Finger bei einer Zahl.

»Tatsächlich?«

Der Headhunter blätterte eine Seite um, dann die nächste, blätterte wieder zurück und fragte: »Seitdem hatten Sie keinen Gesundheitscheck?«

Banerjhee erwiderte nichts. Schließlich zuckte er mit den Achseln.

»Na schön.« Der Headhunter schob die Unterlagen weg. »Ist Ihre Frau berufstätig?«

»Ja.«

»Vernünftige Firma? Absicherungen? Zum Beispiel gute Versicherungen?«

»Sehr gute.«

»Sie sind natürlich mitversichert.«

»Ich bin mitversichert.«

»Das ist gut. Denn Sie befinden sich in der Lücke.«

»Lücke?«

»Ja, ja«, sagte der Headhunter ungeduldig. »Die nicht versicherbare Lücke zwischen fünfundfünfzig, wenn Sie sich keine Versicherung leisten können oder kein Versicherer Sie aufnimmt, und fünfundsechzig, wenn Medicare einspringt.«

»Ich denke, dem ist so«, pflichtete Banerjhee ihm bei.

»Sagen Sie Ihrer Frau, sie soll ihren Job behalten.«

Das geht Sie gar nichts an, verdammt noch mal, schoss es Banerjhee durch den Kopf.

Der Headhunter klappte den Ordner zu. »Was Sie angeht, Mr. Rolf – und das ist eine ganz persönliche Bemerkung –, kein Versicherer wird einem Unternehmen gestatten, Sie einzustellen, wenn die Mitarbeiter dieses Unternehmens bei ihm versichert sind. Sie haben ein gewisses Alter und Sie haben verdächtige Herzgeräusche, wodurch Sie, so unbedeutend Letztere auch sein mögen, in die Rubrik ›kostenträchtiges Risiko‹ eingeordnet werden, was die Wertschöpfung aus Ihrer Leistung, die Sie möglicherweise in den wenigen noch verbleibenden Jahren vor Eintritt ins Rentenalter für eine Firma erbringen können, weit in den Schatten stellt. Capice?« Er schob den Ordner über den Schreibtisch. »Sparen Sie sich das Geld, nehmen Sie die Dienste meiner Firma nicht in Anspruch, aber das haben Sie nicht von mir gehört.« Der Headhunter stand auf, ging um den Schreibtisch herum und reichte Banerjhee die Hand.

»Viel Glück, Mr. Rolf.«

Ein Semester lang gab er Abendkurse in organischer Chemie an der UC Davis. Er hatte auch Gefallen an der Lehre, allerdings auf einem gewissen Niveau; doch die meisten Studenten, selbst die in höheren Semestern, betrachteten seine Veranstaltung als eine Art Förderunterricht, den sie unbedingt absolvieren mussten, strebten sie eine bessere Qualifikation an, um sich für lukrative Fachgebiete wie plastische Chirurgie oder was auch immer zu empfehlen. Niemand von ihnen hatte eine Leidenschaft für Chemie als solche. Zudem war das Pendeln nicht nur enervierend, sondern auch kostspielig und die Bezahlung schlecht. Schließlich setzte die Universität seiner Unzufriedenheit von sich aus ein Ende, indem sie sämtliche ihrer Förderprogramme wegen fehlender Mittel einstellte. Ab sofort setzte man voraus, dass Studenten ihren Förderbedarf über das Internet deckten. Banerjhee mochte Computer geradezu. In den Anfangstagen des Personal Computers hatte er ein Essay verfasst, ihn als Werkzeug von großem Potenzial, als das Gegenteil von einem Vorboten einer restriktiven, konformistischen Gesellschaft verteidigt. Das musste er wahrscheinlich noch einmal überdenken. Inzwischen waren seine einst hervorragenden Programmierfähigkeiten in Fortran, Pascal und Basic längst überholt. Ob er wollte oder nicht, Banerjhee konnte sich mit dem Internet nicht anfreunden, nicht wenn es um Belange der Lehre und Forschung ging. Profundität und Mannigfaltigkeit gehörten nun mal in den Bereich von Bibliotheken, Büchern und Fachzeitschriften. Was das Internet betraf, das schätzte er, um Bücher zu kaufen und auf den NASA-Seiten durch den grandiosen Bestand an Hubble-Bildern zu browsen, aber das war es auch.

»Was ist mit dir?«, fragte er leise. »Du müsstest doch auch nicht mehr arbeiten?«

Madja sagte: »Jemandem wie mir tut Arbeit gut, BJ, und wenn es mir auch immer weniger Spaß macht, werde ich weiterarbeiten, bis du in Rente gehst oder die Anspruchsvoraussetzungen für Medicare erfüllst.«

Das wollte Banerjhee nicht hören, diese aus der Notwendigkeit heraus geborene unbequeme Wahrheit, doch er sagte nichts dazu.

»Außerdem«, fügte Madja hinzu, »was sollte ich in Chicago anfangen ohne Arbeit? Herumsitzen und mich mit dir über Neutronensterne austauschen?«

»Was hast du an Neutronensternen auszusetzen?«, fragte Banerjhee bekümmert. »Würdest du lieber mit mir über die Chicago Cups diskutieren?«

»Ich habe an beidem nichts auszusetzen«, antwortete Madja, »sieht man davon ab, dass die Cups nicht oft gewinnen, wie ich mir habe sagen lassen.« Sie lächelte, als Banerjhee den Kopf schüttelte. »Und da du es angesprochen hast … wenn schon, würde ich eher dir zuhören, wenn du über Neutronensterne redest, als jemand anderem, der über Basketball spricht.«

»Baseball«, sagte Banerjhee und lachte.

»Baseball, Basketball – ist doch alles dasselbe. Organisierter Sport pflastert die Straße zum Faschismus.« Das war Madjas Lieblings-Quintessenz, wenn es um das altehrwürdige weltweite, tiefe Verlangen nach Stadiumsport ging. »Der Typ, der das geschrieben hat, wurde am Ende Christ«, fügte sie hinzu und setzte Banerjhee so mit seiner eigenen stereotypen Retourkutsche fürs Erste schachmatt.

»Ganz sicher aus lauter Verzweiflung«, plapperte er seinerseits ihre Standarderwiderung nach. Beide mussten kichern. Banerjhee langte über den Tisch und nahm Madjas Hand. »Als ob ich ohne dich leben könnte, wenn du in Chicago wohnst«, sagte er sanft.

»Ich wusste, dass du auf die Stimme der Vernunft hörst. Und das noch rechtzeitig«, sagte sie mit einem Grinsen, »denn – natürlich muss ich dich daran erinnern – ich nehme Freitagabend den Nachtflug.«

»Freitagabend?« Es dauerte zwei oder drei Sekunden. Als die Erkenntnis einsetzte, ließ Panik Banerjhees eben noch aufgeräumte Miene erstarren. »Aber das ist ja heute Nacht!«

»Du weißt es seit Dienstag«, Madja lächelte, »hattest also die ganze Woche Zeit, dich an die Vorstellung zu gewöhnen.« Sie schob ihren Stuhl zurück und stand auf.

»Wenn es dir nichts ausmachen würde abzuwaschen, könnte ich schon mal mit dem Packen beginnen.«

Er hatte sich längst daran gewöhnt, wie seine Frau Entscheidungen traf. Es wirkte, milde ausgedrückt, impulsiv, war aber nicht an dem. Vielmehr dachte Madja lange, intensiv und mit ungewöhnlicher Schärfe über ein Problem nach, holte selten die Meinung Dritter ein, bevor sie einen Entschluss gefasst hatte, was Versuche, sie von etwas abzubringen, bestenfalls mühselig gestaltete und selten mit Erfolg krönte. Banerjhee nippte nachdenklich an seinem Wein. Tatsache war, dass er gelernt hatte, ihren präzisen Überlegungen zu vertrauen. Doch ihm war klar, dass diese Chicago-Chose für neue Rekorde in Sachen scharfzüngiger Äußerungen sorgen würde.

»Äh«, sagte er, »was hatten wir geplant? Wie lange wirst du fort sein?«

»Zwei Wochen.«

»Zwei Wochen?« Er bemühte sich nicht, sein Entsetzen zu kaschieren. »Ich habe zwei Wochen zugestimmt? Was ist mit deiner Arbeit? Was ist mit mir?«

»Ich gehe davon aus, dass ich bei meiner Rückkehr einen neuen Job in der Tasche haben werde. Momentan stehen mir noch zwei Wochen Urlaub zu, vier Tage Sonderurlaub aus privaten Gründen und sieben Krankentage. Außerdem habe ich Anspruch auf zwei Wochen unbezahlten Urlaub. Wenn das alles abgewickelt ist, werde ich sie über meine Kündigung informieren. Derweil verbringen wir beide den Rest des Jahres damit, uns am kalifornischen Sonnenuntergang zu erfreuen. Mit einer vernünftigen Planung und einer Menge Umzugskartons sollten wir's schaffen, rechtzeitig zum weihnachtlichen Gänsebraten bei Sam in Chicago zu sein.«

»Gänsebraten«, sagte Banerjhee vergnügt. Aber dann:

»Die Möbel verladen, Notartermine, das Haus verkaufen, überlegen, was wir behalten, wovon wir uns trennen ... ja«, seufzte er, »das klingt nach Entspannung.«

»Wenn ich wieder hier bin«, sagte Madja mit Zuversicht, »können wir uns beide auf ein Abenteuer freuen.«

Banerjhee nahm einen letzten Schluck Wein und stellte das noch halb volle Glas beiseite. »Zwei Wochen«, sagte er nachdenklich. »Das kommt einem vor wie eine Ewigkeit.«

»So ist es.« Madja setzte ein nettes Lächeln auf.

»Irgendwelche letzten Wünsche?«

5

Den schimmernden Baldachin, den das Licht der großen Städte spannte, hatte er hinter sich gelassen und der Himmel war jetzt schwarz, illuminiert nur von den Sternen. Die Rückfahrt vom Oakland International auf der 580 war eine lange mit reichlich Möglichkeit zur Selbstreflexion, der nur die Dichte des Verkehrs Schranken auferlegte. National Public Radio brachte ein nichtsnutziges Gemurmel über Menschliches und allzu Menschliches, das mit billigen Soundeffekten an Gefühle appellieren wollte. Der Radiomoderator des Jazzsenders war auf einem Big-Band-Trip und damit zu ungestüm für Banerjhees Gemütszustand. Jeder andere Punkt auf der Skala war zu einer Kolonie der Homogenisierung verkommen – er stellte das Radio ab.

Würde er Kalifornien vermissen? Mit Sicherheit. Er vermisste es schon jetzt. Er vermisste es schon lange. Im Laufe seines Lebens hatte sich Kalifornien derart verändert, dass es nicht wiederzuerkennen war. Dennoch – die Luft zwischen Mitternacht und Tagesanbruch, die mandarinfarbenen Sonnenuntergänge, ein Vollmond über der San Francisco Bay, das Geräusch, hervorgerufen von einem springenden Fisch in einem Delta-Kanal zur Abenddämmerung, das wispernde Rascheln eines Eukalyptushains, der unglaublich dicke Tau, der dem unglaublich dicken Nebel zugeschrieben werden musste, Tau, der sich von der abendlichen Dämmerung hinübergerettet hatte und von den Ästen der Bäume tropfte, als habe es die ganze Nacht geregnet, und hundert andere Details, die Bedeutungssplitter enthielten und so die Synekdoche von Banerjhee Rolfs Kalifornien bildeten. Seine Gedanken wanderten ungehindert zwischen ihnen hin und her.

Er erinnerte sich an einen Wissenschaftler, der die Farallon-Inseln besucht hatte, um herauszufinden, wie der Wind dort mit dreißig Knoten blasen konnte, während die Inseln eingehüllt blieben in undurchdringlichen Nebel.

Er erinnerte sich an den alten Säufer in dem abgetragenen Kolani, der seine Tage damit verbrachte, in einem Waschsalon in der Polk Street sein Bier dezent aus einer Papiertüte zu schlürfen, und der eine Anstecknadel der Handelsmarine in Form eines Klippers trug, was bedeutete, dass er Kap Hoorn unter der Takelage eines Rahseglers umrundet hatte – mit einem Klipper: Das muss man sich mal vorstellen! Er erinnerte sich auch, dass der Alte eines Tages nicht da war, und Banerjhee hatte ihn nie wieder gesehen.

Und was war mit dem Panorama, das sich einem, als werfe man einen Blick auf das Paradies, eröffnete, nachdem man Echo Summit und den Carson-Pass bewältigt hatte und sich in über zweitausendfünfhundert Meter Höhe, das graue Nevada-Alkali im Rücken, gen Westen wandte, das Rostrot und Grün der mit nur drei Grad warmen, plätschernden Schmelzwasserabflüssen der Gletscher durchwirkten spätsommerlichen Sierra Nevada vor Augen? Die Verlockungen für die Seele lagen im Westen. Niemals im Osten.

Oder die leuchtende Spirale, ihr Rotieren, das er vor vielleicht vierzig Jahren spät in einer Nacht oder sehr früh an einem Morgen von seinem Platz unter einer Kalifornischen Lebens-Eiche am Himmel über den Bergen von Menlo Park beobachtet hatte. Die Spirale entpuppte sich als eine Art Coriolis-Effekt auf den Kondensstreifen einer Rakete, die die Navy weiter unten an der Küste abgeschossen hatte. Doch in diesem unfassbaren Moment zerfiel die Erscheinung in grüne und blaue und gelbe Bildpunkte und beanspruchte für sich tatsächlich ein Viertel des nächtlichen Himmels. Beim Anblick eines der schönsten Dinge, die ihm jemals begegnet waren, hatte Banerjhee gehofft, Zeuge eines offenkundigen, einzigartigen astronomischen Ereignisses zu sein, ungeachtet der Tatsache, dass die Spirale natürlich viel zu groß gewesen und lange vor Tagesanbruch bereits verschwunden war,

Denn seinerzeit wusste Banerjhee bereits, dass von den vielleicht sechs Supernovae, die im Laufe der Geschichte in unserer Galaxis beobachtet worden waren, zumindest eine – wie von Beobachtern in China und Nordamerika aus dem elften Jahrhundert überliefert – über dreiundzwanzig Tage sogar am Taghimmel zu erkennen gewesen war, am Himmel jedoch nur eine Handbreit Platz eingenommen hatte. Ein Resultat dieser galaktischen Katastrophe war der Krebsnebel, Gastgeber des PSR B0531+21, eines der ersten Pulsare, die man entdeckt hatte. Ein Pulsar ist ein sich schnell um die eigene Achse drehender Neutronenstern – im Falle des PSR B0531+21 dreißigmal pro Sekunde – und genau an dieser Stelle versuchte Banerjhee, sich weiteren vergnüglichen Überlegungen zu der Fülle faszinierender Details über einen Stern zu versagen, der möglicherweise der zweieinhalbfachen Sonnenmasse entspricht, durch einen Gravitationskollaps zu einem Ball von zwanzig Kilometern Durchmesser verdichtet wurde, wie ein Kreisel rotiert und eine Hülle aus reinem Eisen hat ... Doch der Versuch schlug fehl.

Tatsächlich – und nichts würde das ändern – hatte das ganze Geschehen Banerjhee schon immer gleichermaßen gefesselt und geängstigt, verglich er es für sich mit dem Akt, dem Teufel ein Zungendepressorium in den Mund zu stecken und ihn aufzufordern, »AHHHH« zu sagen.

Dieser Gedankengang führte ihn geradewegs zum nächsten Faszinosum in puncto kosmischer Objekte, zu der Erkenntnis, dass die Wahrnehmung einer Supernova zum Beispiel – sieht man davon ab, dass sie am Nachthimmel am hellsten erstrahlt – die Wahrnehmung eines Phänomens ist, das sich vor langer, langer Zeit ereignet hat, im Falle des Krebsnebels vor über neunhundert Jahren. Dieser Gedanke formte im jungen Banerjhee die poetische Vorstellung, dass ein Beobachter des Nachthimmels einer Art chronologischer Gleichzeitigkeit beiwohnt, einen Schnappschuss von Prozessen sieht die, im Abstand von Hunderten, Tausenden, vielleicht von Milliarden von Jahren zueinander abgelaufen sind. Eine ähnliche

Erfahrung kann man bei der Beobachtung der geologischen Beschaffenheit machen oder bei Schmetterlingen in den verschiedenen Stadien ihrer Entwicklung, bei Blüten oder Zwiebeln oder Trieben, doch selbst der Komposthaufen in einem Garten konnte nach Ansicht Banerjhees keinen derartig dramatischen Effekt erzielen. Jemandes Garten ist allenfalls Ausdruck von zehn Jahren Arbeit oder – durch die Artenvielfalt seiner Bewohner – Sinnbild für Äonen des Überlebenskampfes oder der Evolution. Die Anatomie eines Baumfarns zum Beispiel geht der Eiszeit voraus. Vieles am Nachthimmel ist wesentlich älter als alles, was man auf der Erde finden kann, und gleichzeitig ist es unsere jeweilige Gegenwart. Und so war es Banerjhee immer wieder gelungen, und sei es auch nur für eine Stunde des Müßiggangs, sich selbst glauben zu machen, unter Ausklammerung der Zeit auf einen Schlag Zeuge aller Ereignisse zu sein.

Die Beschreibung des spiralförmigen Kondensstreifens jener Testrakete wurde Grundlage seiner Diplomarbeit in Mathematik, und Banerjhees Sinn für Wunder, auf die man per Neugier stieß, hatte ihn nie mehr verlassen. Das Studium der Neutronensterne, das eine Menge zu tun hatte mit Kernphysik, Mathematik, Astronomie, allgemeiner Relativitätstheorie, Quantenmechanik, Magnetismus, Chemie, Vorstellungsvermögen – alles überaus interessant, vorausgesetzt, man hatte eine Neigung dazu –, schien nur eine weitere logische Steigerung seines neugierigen Interesses an den Dingen zu sein, deren er, wohin er sich auch wandte, gewahr wurde ... in Kalifornien.

Der rätselhafte Stau auf einem viel befahrenen Freeway beispielsweise, der nur noch Schritttempo zulässt und den Verkehr zu einem Knoten bindet – keine umgestürzte Stellage am Straßenrand, keine Tragödie auf der anderen Seite des Mittelstreifens, keine Matratze auf Spur vier oder ein Straßenbau-Trupp auf Spur eins; lediglich ein Knoten, in den hinein der Verkehr bremst und aus dem heraus er wieder beschleunigt. Der Knoten selbst kann sich vorwärts oder rückwärts bewegen, mutmaßte Banerjhee, obwohl das bisher von niemandem behauptet worden war. Sicherlich nimmt man sich bereits des Problems mithilfe von Simulationen an, oder? Sicherlich findet man heraus, dass es Fragen der Chaostheorie berührt. Vielleicht bauen sie eines Tages Autos, die dank des Einsatzes der Fuzzylogik mit Schaltkreisen ausgestattet sind, die in einer von Autofahrern nicht zu erbringenden Geschwindigkeit und Präzision unzählige Nano-Korrekturen vornehmen und solche Staus verhindern. Vielleicht platzt ja mal der Knoten, vielleicht auch nicht. Haha. Hahaha. Hahaha …

Das banale Wortspiel belustigte ihn nahezu, trotz der Aussicht auf vierzehn Tage ohne Madja. Er mochte es ganz und gar nicht, wenn sie nicht da war. Selbst in der Garage, versunken in seine Bibliothek, spitzte er immer die Ohren wie ein Luchs, wenn die Fahrgemeinschaft Madja am Briefkasten absetzte, und von diesem Moment an begann sein Tag von Neuem. Längst hatte er die frischen Lebensmittel besorgt, auf die sie Wert legte. Und nachdem sie eine halbe Stunde damit verbracht hatte, sich frisch zu machen, sich umzuziehen oder sich kurz auszuruhen, trafen sie sich in der Küche. Während er sich um die Drinks kümmerte, sie am Herd Position bezog, unterhielten sie sich über die Ereignisse des Tages.

»Wenn ein Stern von der Größe der Sonne kollabiert …«, könnte er das Gespräch beginnen.

»Andrea hat ihr Baby bekommen«, würde Madja erwidern. »Damit bleibt Mark der Einzige mit Erfahrung auf der Gehaltsliste.«

»… hätte das daraus resultierende Objekt einen Durchmesser von rund sieben Metern.«

»Das aufgepeppte, sogenannte Budget erlaubt keine bezahlten Teilzeitkräfte. Eine unbezahlte Praktikantin reicht …«

»Mit einer Dichte von mehreren hundert Milliarden Tonnen pro Kubikzentimeter. Stell dir das mal vor.«

»… für die Dauer von Andreas Mutterschutz nicht aus! Drei Monate! Wer weiß, ob sie überhaupt zurückkommt?«

»Befände sich diese Küche auf seiner Oberfläche und würdest du von der Arbeitsplatte springen, würdest du mit drei Millionen Stundenkilometern auf den Boden aufschlagen.«

Madja lachte laut auf, Banerjhee stimmte mit ein und fügte hinzu: »Und würdest deinen köstlichen Sonoma Zinfandel verschütten.«

»Ist das der gleiche, den wir letzte Woche hatten?«

»Nein. Der hat dir doch nicht geschmeckt. Das hier ist ein anderer. Kostet lediglich einen Dollar mehr. Gefällt er dir?«

»Sehr sogar.«

»Gut, dann sollten wir uns eine Kiste hinstellen.«

»Ich dachte, wir wollten wieder Richtung Frankreich trinken.«

»Nicht solange die keine vernünftige Politik machen.«

»Banerjhee, hör auf damit!«

»War nur 'n Scherz. Diese Pinots aus Oregon sind herrlich, aber sie sind auch teuer. Nächste Woche machen wir mal wieder einen Abstecher in den Hermitage. Oder nach Bordeaux.«

»Von mir aus brauchten wir Kalifornien niemals zu verlassen«, sagte sie, dabei stand sie mit dem Rücken zu ihm, die Bänder ihrer Schürze zur Schleife gebunden, und hantierte vor sich hin.

»Ich nehme es zur Kenntnis ...«, sagte Banerjhee leise zur Windschutzscheibe, über die Streiflichter tanzten, wiederholte, was er Madja seinerzeit geantwortet hatte, und staunte, welch ironische Färbung ihre so dahin gesagten Worte über kalifornische Weine jetzt, rückblickend, angenommen hatten. Es schien doppelzüngig. Hatte sie geflunkert? Gelogen? Die schlagfertige Entgegnung war noch nicht allzu lange her. Bestimmt hatte sie zu diesem Zeitpunkt schon mit dem Gedanken daran gespielt, was er von jetzt an in der Sache »Madja Rolf gegen den Staat Kalifornien« als die Chicago-Entscheidung bezeichnen würde.

Auf der 680 wurde der Verkehr schwächer, doch das Licht, das den Nachthimmel eher zufällig erhellte, schien stärker zu werden. Vor vierzig Jahren konnte Banerjhee wie jeder andere auch hier draußen klar und deutlich die Milchstraße sehen, unsere Galaxis in Hochkantperspektive. Jetzt ist sie unsichtbar, unseren Blicken entzogen durch eine Atmosphäre, die verschmutzt ist durch Licht und andere Dinge. Wenn man es sich recht überlegt, gab es Zeiten, da existierte dieser Highway hier draußen noch gar nicht. Oder wenn es ihn gab, dann als zweispurige, geteerte Straße, vielleicht sogar nur als schmale Schotterstraße. Das erinnerte Banerjhee daran, dass die meisten Ballungsräume, durch die er heutzutage fuhr, in seiner College-Zeit noch Obstplantagen gewesen waren. Das erinnerte ihn auch an einen alten Mann, der ihm erzählt hatte, dass er als kleiner Junge gegen Ende des neunzehnten Jahrhunderts am Stadtrand von Fresno fast jeden Nachmittag im Juli und August eine Pappel hochgeklettert sei. Sein Vater habe ihn dorthin geschickt, damit er die Straße im Auge habe und Ausschau halte nach dem Ochsenkarren, womit der Bruder des Vaters samt Familie aus St. Louis anreisen sollte. Und, Donnerwetter noch eins, eines Nachmittags tauchte er tatsächlich auf.

Banerjhee ertappte sich dabei, dass sein Verstand um ein Gedankengebilde kreiste, dem er sich wiederholt, zumeist unbeabsichtigt, näherte und das sich immer zur gleichen Frage verdichtete: Könnte es sein, dass er seine Zeit auf Erden beeinflussen konnte? Stand er im Begriff, einen stetig wachsenden Teil seines Tages darauf zu verwenden, gegen die Veränderungen zu wettern, die sich im Laufe seines gesamten Lebens um ihn herum manifestiert hatten, mit dem Ergebnis, dass seine Lebensfreude schließlich gen Null tendierte? Ist es das, was man unter »alt werden« versteht? Nach dem Motto: Mann, dein Mosern über Staus lässt dich wirklich alt aussehen. Schalt das Radio an.

Tja, erwiderte sein Verstand blitzschnell, im Radio gibt es heute nichts. Wird es in Chicago noch desolater sein? Alle Radiosender gehören derselben Handvoll Firmen, und wenn du daran irgendwelche Zweifel hast, betätige mal den Sendersuchlauf. Du wirst die gleiche Musik hören, rauf und runter. Fabrikmäßig produzierte Musik, die nur einen kleinen Teil der Bevölkerung bedient und jemanden wie

Banerjhee völlig ignoriert, gleichgültig, ob er jung genug ist oder nicht, um zur Zielgruppe zu gehören. Muss man ein bestimmtes Alter haben, um Gefallen daran zu finden, mit drei Millionen Stundenkilometern auf Linoleum aufzuschlagen?

Er seufzte, fand seine Überlegungen unterhaltsam, fühlte sich jedoch nicht unterhalten. Die wenigen Freundschaften, die er gepflegt hatte oder die die Freundschaft zu Madja und ihm gepflegt hatten – denn ohne Madja interessierten sie Banerjhee nicht und umgekehrt –, hatten sich alle in Luft aufgelöst, waren Beute des einseitigen Interesses an Golf oder Poker oder Hollywoodfilmen geworden, waren dem Alter oder der Vergänglichkeit oder den wirtschaftlichen Widerwärtigkeiten Kaliforniens anheimgefallen. Seinesgleichen hatten alle gekündigt, waren in den Ruhestand gegangen oder gefeuert worden. Darunter auch viele, die befristete akademische Jobs in kleinen, abgelegenen Universitätsstädten angenommen hatten. Und zudem – abgesehen von der nicht zu vernachlässigenden Tatsache, dass die Hingabe an seinen Beruf Banerjhee zu einem ziemlich langweiligen Zeitgenossen hatte werden lassen – waren seine engsten Freunde, die, die er noch aus seiner Zeit am College und an der Hochschule kannte, fast ausnahmslos tot oder verschwunden, indem sie Stellenangeboten aus Australien oder Europa erlegen waren oder auch einem Suizidversuch, der einen oder anderen Überdosis oder dem Alkoholismus – wobei er Drogen- und Alkoholmissbrauch immer als langsame Form des Selbstmords betrachtet hatte –, indem sie in Vietnam ums Leben kamen, bei Autounfällen und Eisenbahn- und Flugzeugunglücken, bei einer Umsegelung, in deren Verlauf das Segelboot von der Bildfläche verschwand, bei einer Entbindung oder an einer Autobahnraststätte infolge eines nicht aufgeklärten Mordes , nicht zu vergessen die Bruchlandung eines Piloten während eines Kunstflugs. Diese und andere Nachrufe hatten die interessanten Charaktere in seinem Leben dezimiert, die, denen er nicht hatte viel erklären müssen, denen stundenlang zuzuhören ihm nie etwas ausgemacht hatte, die, auf die er sich hatte verlassen können, also nicht die Durchtriebenen, nicht die, die an der Flasche hingen. Weg. Die meisten – und das betraf auch ihn – hatten nichts aufzuweisen, was eine für ihre Familien kostenlose Todesanzeige in einer Zeitung gerechtfertigt hätte. Das beschäftigte ihn ebenfalls. Es schien, als veröffentlichten der *San Francisco Chronicle* und die *New York Times* jeden zweiten Tag einen längeren Nachruf, oftmals mit dem Bild irgendeines Schauspielers, einer TV-Persönlichkeit oder eines Filmstars, Leute, von denen Banerjhee noch nie gehört hatte, und er musste sich fragen, was diese Menschen zu Lebzeiten geleistet hatten, um einen derart mitfühlenden, wenn auch – zugegebenermaßen – kurzzeitigen Hinweis zu verdienen. Gewiss, für ihn oder seine Frau hatten sie keinerlei Bedeutung, vielleicht nicht einmal für die, die viel Fernsehen sahen. Das legte doch den Verdacht nahe, dass diese Praktik absichtlich entwickelt worden war, um bei den Zeitungslesern schleichend für Verunsicherung zu sorgen, was ihre Ignoranz gegenüber der größten Propagandamaschinerie, die je zum Einsatz gekommen war, betraf. Oder?

Man konnte es auf diese Weise begreifen. Und wenn man es so begriff, dann geriet die Folgerung aus dieser Geschichte in der Tat zum Trauerspiel. Man denke nur daran, wie die Regierung die Menschen in ihrer Einschätzung unterstützte, die Angriffe vom 11. September 2001 auf New York seien aus heiterem Himmel passiert, aus dem Nichts gekommen, hätten keinen weltanschaulichen, keinen anderen Grund, es gebe keine plausible Erklärung, es handele sich um einen heimtückischen Bubenstreich feiger Analphabeten, die voller Missgunst auf Amerikas Vormachtstellung in der Welt blickten und so weiter. Könnte es sein, dass der Tag käme und er eingesperrt würde, weil er derartige Gedanken zu Papier gebracht oder – noch subversiver – in einer Nichts-bleibt-anonym-wenn-die-Regierung-es-nicht-will-E-Mail formuliert hatte?

In dem Jahr seines Eintritts in den unfreiwilligen Ruhestand hatte er so viel entdeckt, was ihm Vergnügen bereitete. Er konnte nach Herzenslust alles Mögliche über Neutronensterne lesen, konnte tagelang über den Berechnungen von Wissenschaftlern brüten, die so viel mehr wussten als er, konnte sich auf die akribische Suche nach dem aus seiner Sicht besten Koch machen, er konnte das Fernsehen in einem Ausmaß ignorieren, dass er nicht mal einen Apparat im Hause hatte, er konnte seinen Garten pflegen, aber er konnte nicht gegen die fragwürdige Disziplin verstoßen, fünf Tage die Woche zwei Tageszeitungen zu lesen, da sie ihn, so seine Begründung, auf Gedeih und Verderb auf dem Laufenden hielten.

Wenn es, wie Jacques Ellul – nicht nur der Bursche, dem die spöttische Bemerkung über den organisierten Sport zuzuschreiben war und dessen Name Madja nie einfallen wollte, sondern auch der wichtigste Spiritus Rector des Unabombers – als offenkundig herausgestellt hatte, ohne Massenmedien keine Propaganda gäbe und wenn es sich hierbei um eine unumstößliche Tatsache handelte und immer gehandelt hatte, dann hatte auch Thomas Jefferson einen wie auch immer gearteten Zuhörer daran erinnert, dass es ohne Zeitungen keine Gedankenfreiheit geben kann. Aus Banerjhees Sicht bestand das Problem darin, dass die Massenmedien – Fernsehen und Radio – alles beherrschten und Zeitungen, mit deren Auflagenstärke es seit fünfzig oder sechzig Jahren stetig bergab ging, die Balance kaum mehr herzustellen vermochten, ganz zu schweigen von einem Selbstverständnis als Massenmedium. Die Masse liest keine Zeitung, deshalb ist es ihr auch egal, was Zeitungen berichten oder welche Auffassungen sie vertreten, so einfach ist das. Die Masse bezieht ihre Information aus dem Fernsehen, und das Fernsehen ist ein Wirtschaftszweig, zudem in der Regel partiell, wenn nicht sogar in Gänze ein Sprachrohr der Regierung, ein Umstand, der glitschiger und schwerer zu packen ist als ein Ouroboros im Pelagial, denn mehr denn je ist die amerikanische Regierung ein Sprachrohr der Wirtschaft und die Wirtschaft hat nur ein Wohl im Sinn, das eigene und sonst nichts.

Banerjhee stellte mit Erschrecken fest, dass er bereits in seiner Einfahrt stand, dass der Motor des Peugeots im Leerlauf lief und die Scheinwerfer die von Rostschutz fleckigen Hecktüren seines Econolines in Licht tauchten. Er hielt den Atem an, sein Herz raste. Er atmete hörbar aus, so kräftig, dass die Innenseite der Windschutzscheibe beschlug und eine Gloriole sichtbar wurde. Er atmete langsam tief ein, langsam tief aus und wiederholte das Ganze. Dann stellte er den Motor ab und die Scheinwerfer aus. Nach weiteren gleichmäßigen Atemzügen beruhigte sich sein Herzschlag und die Anspannung in seiner Brust ließ nach. Ich muss aufhören, diese verdammten Zeitungen zu lesen, sagte er sich, oder zumindest meinen Kopf daran gewöhnen, sich nicht mehr so viel Gedanken zu machen. Mein Wochenend-Moratorium in Sachen Nachrichten reicht nicht länger aus. Schließlich sind sie auch nur Werkzeuge der Macht, diese Zeitungen, genau wie ihr mieser Ableger, das Fernsehen. Und sie bescheren mir Krebs oder einen Herzinfarkt oder einen Nervenzusammenbruch. Er ließ die Stirn auf den Rand des Lenkrades sinken, das er noch immer mit beiden Händen umklammert hielt. Wie um alles in der Welt mochte es in den Köpfen der Menschen ausschauen, die tagein, tagaus Fernsehen sehen? Allein der Gedanke daran ist beängstigend. Was wusste dieser Arzt über die Frau aus Florida zu berichten, die dreizehn Jahre lang künstlich am Leben erhalten worden war? Dass die Hohlräume im Innern ihres Schädels überwiegend mit Flüssigkeit gefüllt waren? Das musste stimmen. Er hatte es in einer Zeitung gelesen.

»Ich muss mit dieser Gewohnheit brechen«, sagte er beinahe beschwörend zur Drucktaste der Hupe.

Er richtete sich auf und hatte gerade einen weiteren langen Seufzer ausgestoßen, als etwas mit einem dumpfen Knall gegen die Fahrertür prallte. Das Geräusch schreckte ihn auf, doch als er sich zur Seite wandte, um die Ursache zu ergründen, zuckte er zusammen, als er sah, wie sich die Hände und das tränenüberströmte Gesicht einer Frau gegen die Scheibe pressten. Ihre Gesichtszüge waren derart verzerrt, dass er ein paar Sekunden brauchte, um die junge Frau wiederzuerkennen, mit der Toby Pride ihn am Dienstagnachmittag bekannt gemacht hatte. »Mr. BJ«, flehte sie. Im Innenraum hörte sich ihr Flehen gedämpft und zusammenhangslos an. Draußen war es vermutlich genauso. Sie schlug emphatisch gegen die Scheibe und erzeugte dabei mit einem Ring an einem ihrer Finger ein lautes Klacken auf dem Glas, nur Zentimeter von Banerjhees Gesicht entfernt. Er versuchte, die Tür zu öffnen, doch das Mädchen war genau davor zusammengesackt. Schließlich ließ er das Fenster herunter.

»Ja, meine Liebe«, ihm wollte partout ihr Name nicht einfallen, »was ist denn los?«

»Er – er wollte …« Das Mädchen langte mit beiden Händen durch das offene Fenster und klammerte sich an Banerjhees Hals. »Oh, Mr. BJ. Er sieht sich immer diese Pornofilme an. Er – er …« Sie fing an zu schluchzen, den Kopf an seiner Schulter.

Banerjhee war nicht sonderlich schockiert über diese kleine Enthüllung, doch er war sich auch ziemlich sicher, dass es ihn überhaupt nichts anging.

»Klar … wenn«, begann er zögernd, »sind Sie …? Ich meine … gegen Ihren …?«

»Wir wollten eigentlich gerade in den Badekübel«, wimmerte sie, »und da ist er – er hat sich irgendwie nicht mehr unter Kontrolle.«

»Wer, Toby? Nicht mehr unter Kontrolle? Lassen Sie mich aussteigen.« Doch sie wollte ihn nicht loslassen. Ihr Haar duftete nach Sonnenöl, Marihuana und Zigaretten und nach Sachen, die er nur unfreiwillig identifizierte. Banerjhee wand sich aus ihrer Umklammerung, rutschte hinüber auf den Beifahrersitz und stieg aus. Als er um das Heck herum zur Fahrerseite gegangen war, bemerkte er, dass das Mädchen außer Tennissocken und einer um die Taille geschlungenen feingliedrigen Goldkette völlig unbekleidet war. Ganz Menschenfreund, nahm er sie dennoch behutsam in die Arme. Sie schmiegte sich an ihn, und eingedenk ihres zuvor eher lauten Lamentos kam ihm vor allem anderen das Bild einer Katze in den Sinn, die, nachdem sie sich lauthals beschwert hat, nun in der Annahme, ihren Menschen gefunden zu haben, sogleich zu schnurren beginnt, wenn man sie aus Mitleid auf den Arm nimmt.

»Ist ja gut«, sagte er. »Es tut mir leid ... wie war noch mal Ihr Name?«

»Esme«, antwortete das Mädchen prompt, so prompt, dass es verwirrend war. »Eine Kurzform von Esmerelda.«

»Ein schöner Name«, meinte Banerjhee in Ermangelung eines zugleich sinnvollen und lockeren Spruches.

»Hat es ... ähm, ist es schmerzhaft gewesen?«

»Nein«, sagte sie mit Nachdruck, »nicht besonders. Er hatte einfach nicht mein Einverständnis, dieser Mistkerl.«

»Einverständnis für ...?«

»Einverständnis für – für –« Sie schrie und stampfte mit ihrem nackten Fuß auf einen von Banerjhees Schuhen. »Er sollte doch einfach nur lieb sein zu mir ...« Sie sah nach unten. »Entschuldigung. Hat das wehgetan?«

Nun, ja, dachte Banerjhee, der sich darüber im Klaren war, welchen Eindruck diese Szene auf seine Nachbarn machen würde – ein nacktes Mädchen nach Mitternacht, Madja verreist und so weiter. Wenn schon, dachte er, was interessiert es mich? Er bot der jungen Frau sein Jackett an.

»Können Sie mal mit ihm reden, Mr. BJ?«, flehte sie ihn unter Tränen an und presste das Jackett zwischen ihre Brüste, anstatt es sich umzuhängen. »Jemand müsste ihm Manieren beibringen. Was meinen Sie? Stimmt doch, oder? Sie haben Manieren. Wo haben Sie die her?«

»Kommen wir noch mal auf den Punkt zurück. Sie sprechen also von Toby?«

»Ja. Ja, natürlich spreche ich von Toby. Von wem denn sonst? Von Junípero Serra?«

»Wohl eher nicht«, erwiderte Banerjhee, bemüht, nicht zu lachen. »Nicht von Junípero Serra.«

»Nun, ganz recht, Mr. BJ, ich –«

»Banerjhee.«

Sie blinzelte. »Was?«

»So heiße ich.«

»Toby hat mir gesagt, Sie heißen BJ.«

»Nein«, sagte er geduldig, »mein Name ist Banerjhee. Buchstabiert B-a-n-e-r, ausgesprochen Banner …«

»Banner«, wiederholte sie und wischte sich ihre Wange mit zwei Fingerspitzen ab.

»J-h-e-e, ausgesprochen gie wie in Regie.«

»Banner-regie«, wiederholte sie gewissenhaft und schniefte.

»Danke«, sagte er. »So ungefähr.«

»Tut mir leid«, sagte sie und es klang aufrichtig. »Normalerweise hab ich kein Problem mit Namen.«

»Mit Ihren Freunden schon eher, fürchte ich.«

»Oh«, sie lächelte, »Toby ist eigentlich kein schlechter Kerl. Manchmal ist er einfach nur ein impulsives Arschloch.«

»Dein Arschloch macht einen impulsiv«, sagte eine dritte Stimme.

Sie drehten sich um und sahen Toby Pride in seiner Einfahrt stehen, die parallel zu Banerjhees verlief. Bis auf einen Rugby-Schal, eine Sonnenbrille, eine griechische Fischermütze – verkehrt herum aufgesetzt – und einem Paar roter Cowboystiefel war Pride ebenfalls nackt.

»Red nicht so in Gegenwart von Nachbarn«, gab Esme im Bühnenflüstern zurück und formulierte vermutlich Banerjhees ersten Gedanken.

»Toby«, sagte Banerjhee, »kannst du keinen Spaß haben, ohne andere zu verletzen?«

»Oder zu beleidigen?«, fügte Esme hinzu.

»Aber, BJ, Alter …«, protestierte Toby gegen die Zurechtweisung. »Sei mal ’n bisschen gnädig mit mir.«

»Wie bitte?«, entfuhr es Banerjhee verärgert. »Weshalb?«

»Weil ich –«, Toby spreizte die Finger, »im Lotto gewonnen habe, Alter!«

6

»Lügner! Hast du nicht!«, schrie Esme überraschend impulsiv. »Du hast überhaupt nicht in diesem beschissenen Lotto gewonnen. Du hast gerade mal so viel Geld«, sie hielt Daumen und Zeigefinger knapp einen Zentimeter auseinander. »Und das ist nicht größer als dein –«

»Und warum tut's dir dann so weh?«, fiel Pride ihr ins Wort.

»Es geht nicht darum, ob's wehtut!« Sie stampfte mit dem Fuß auf. »Oh Mann!«

»Kinder, Kinder«, mischte sich Banerjhee ein, »wir sollten …«, er hielt inne. Sollten was? »Wir sollten reingehen, ihr zieht euch was an und seid wieder Freunde.«

»Ich entscheide mich für die letzten beiden Sachen«, meinte Pride beleidigt.

»Das nennst du eine Entscheidung? Mir gefällt's hier draußen, noch dazu nackt und ohne Freunde.« Esme verschränkte die Arme unter ihrem blanken Busen.

»Sieh nur, wofür ich mich entschieden habe.«

»Nett.« Plötzlich lenkte Pride ein. »BJ hat recht, Schatz. Lass uns reingehen und Freunde sein.«

»Banerjhee«, sagte Esme.

»Was?«

»Sein Name ist Banerjhee.«

Toby runzelte die Stirn. »Was soll das denn für 'n Name sein?«

»Sein Name.«

»Wirklich?« Toby sah Banerjhee an, als habe der ihn hintergangen.

Banerjhee wünschte, er hätte das Thema nie angesprochen und dennoch: »Ja«, bestätigte er, »so heiße ich.«

Esme erklärte Toby die Aussprache. Als er zu einer passablen Version in der Lage war, belohnte sie ihn mit einem keuschen, kleinen Kuss. Im Gegenzug legte Toby tröstend einen Arm um ihre Schulter und versicherte, sie müsse sich nicht anziehen, wenn sie nicht wolle.

»Hm.« Esme ergänzte ihre minimale Aufmachung um eine finstere Miene. »Lausige fünfundvierzigtausend Dollar und du hältst dich für den König der Welt.«

»Und du bist die Königin in meiner Welt«, unternahm Pride einen Vorstoß.

Sie reckte ihr Kinn. »Das reicht nicht mal für eine Anzahlung auf ein Haus.«

Pride betrachtete vergnügt seine Behausung, während sie die Einfahrt hochgingen. »Könnte es aber, wenn wir hier wegziehen würden ... nach ... ähm ... nach ...«

»Chicago«, schlug Banerjhee vor.

»Viel zu kalt«, widersprach Toby. »Aber hey«, brachte er es fröhlich auf den Punkt, »wer will sich schon niederlassen? Denken wir lieber darüber nach, wofür wir es ausgeben wollen.«

»Aber du gehst nicht mal arbeiten«, warf Esme ein, als hätte sie Banerjhees Gedanken gelesen und sich zu eigen gemacht. »Das ist nicht fair.«

»Was meinst du mit, ich gehe nicht arbeiten?«, konterte Pride gereizt. »Du betrachtest also meine Arbitragegeschäfte mit den bewaffneten Koksaffen nicht als Arbeit?«

Sieh mal an, dachte Banerjhee, wie scharfsinnig meine Ehefrau doch ist.

»Nein«, antwortete Esme. »Ich glaube, das ist alles nur ein Spiel für dich, dieses Feilschen in spanischem Kauderwelsch mit Typen, die dich genauso schnell töten würden, wie sie Geschäfte mit dir machen.«

»Wenigstens weiß ich bei ihnen, woran ich bin«, erwiderte Pride scharf.

»Was soll das nun wieder heißen ...?«

Seine Nachbarn vor Augen, die Arm in Arm und so gut wie nackt an dem schwarzen BMW vorbei die Einfahrt hochschlenderten, dabei über Drogendeals diskutierten, so beiläufig, als kämen sie geradewegs von einem Abendspaziergang, konnte Banerjhee nicht umhin, Esmes Hinterteil zu betrachten, dessen Wohlgeformtheit durch ultradünne Bräunungsstreifen hervorgehoben wurde und erst recht im direkten Vergleich mit Toby, dessen Exemplar für einen Typen, der nur herumsaß, erstaunlich muskulös war. Vor seiner letzten Erkenntnis scheute Banerjhee zurück wie eine Schwalbe vor einer Scheune, in der eine ausgelassene abendliche Feier stattfindet, und gedanklich wieder bei Esmes Hintern angelangt, kam ihm absonderlicherweise etwas in den Sinn, worauf er während seines Studiums gestoßen war, eine Bedingung, die beinhaltete, dass, fiele ein Marshmallow auf die Oberfläche eines Neutronensterns, er mit der Explosionskraft einer Atombombe aus dem Zweiten Weltkrieg aufschlagen würde.

»Hey, BJ«, rief Toby ihm über die Schulter zu, »komm doch auf ein Bier mit rein.« Als Banerjhee zögerte, fügte Pride hinzu: »Ist schon okay. Der Krieg ist aus.« Er strich Esme mit der flachen Hand übers Haar. »Nicht wahr, Schatz?«

»Fass mich nicht an«, sagte sie ohne besondere Betonung.

»Mmmmmh.« Pride leckte an ihrer Schulter. »Salzig. Komm schon, BJ. Wir amüsieren uns ein bisschen, schalten mal ab. Oder steigen in den Badekübel.«

Banerjhee konnte sich nichts Härteres vorstellen, als mit jemandem, noch dazu mit den beiden, in einen dampfenden Badekübel zu steigen. »Danke, Toby, aber ich gehöre längst ins Bett.«

Esme drehte sich auf ihren Hacken um, drückte Toby Banerjhees Jackett in die Hand und marschierte wieder die Einfahrt hinunter. Wäre Banerjhee eine Katze gewesen, er wäre blitzschnell unter den BMW gehuscht, um aus sicherem Abstand misstrauisch darunter hervorzulugen. »Oh, Sweetie«, sagte Esme und packte den widerstrebenden Banerjhee am Arm. »Sie waren so reizend zu mir, gerade jetzt, und so rücksichtsvoll, als ich meine paar Minuten hatte. Wollen Sie nicht mit reinkommen und Toby ein paar Manieren beibringen?«

Banerjhee lächelte. »Ich habe aber nicht die ganze Nacht Zeit.«

»Kommen Sie schon«, sagte sie und lachte. »So schlimm ist Toby nun wirklich nicht. Und ich auch nicht«, fügte sie hinzu.

Im Anschluss an einen Leidensseufzer, den Banerjhee nicht unterdrücken und Esme entweder nicht hören konnte oder wollte, machte er sich Arm in Arm mit ihr auf zu Tobys Haus. Die restliche Nachbarschaft musste sich nun wohl oder übel mit sich selbst beschäftigen.

Der Weg führte durch die Garage, wo Banerjhee eine schwere, individuell umgestaltete Harley-Davidson auffiel, blaugrün mit schwarzen Linierungen und verchromten Anbauteilen, eine Maschine, von der Banerjhee nicht mal gewusst hatte, dass Pride sie besaß. Er hatte sie noch nie wahrgenommen und beim Anblick der zwei imposanten Auspuffrohre erschien es ihm undenkbar, sie überhört zu haben. Sollte Pride sie tatsächlich nie angetreten haben, hatte Banerjhee allen Grund, ihm dankbar zu sein. An der Wand, auf Rollen, stand eine Mechanikeranrichte aus rotem glänzendem Blech, die Ablageflächen und offenen Schubläden vollgepackt mit Schrauben-, Drehmoment- und Inbusschlüsseln, Knarren und Steckschlüsseln, Schraubendreher und so weiter. Ihm entging nicht, dass das Werkzeug funkelnagelneu war, nirgends ein Kratzer, keine Ölspuren, und wahrscheinlich genauso unbenutzt wie das Motorrad. Oberhalb einer neuen Waschmaschine samt Trockner, an einigen im Deckenbalken verankerten Haken, hing kopfüber ein Fahrrad. Der Alurahmen war mit einer ausländischen Kettenschaltung ausgestattet, dazu Bügel-Pedale, eine stoßgedämpfte Gabel – ein weiteres zweifellos teures Spielzeug. Auch das Rad hatte Banerjhee nie zuvor gesehen, doch langsam, so glaubte er, könne er sich ein Bild machen. Toby Pride verfügte über Geld und einen teuren Hinterwäldlergeschmack, doch wusste er mit keinem von beiden etwas anzufangen, und vielleicht war Banerjhee vom Schicksal entsandt worden, um Pride zu einer großzügigen Spende für den Naturschutzbund zu bewegen.

Die Qualität der Küche stand im krassen Gegensatz zu den Spielzeugen in der Garage. Die mit Geschirr randvolle Spüle verströmte einen scharfen Geruch nach Schimmel, verdorbenen Essensresten und feuchter Zigarettenasche. Das Linoleum war brüchig und warf Wellen. Leere Pizzakartons stapelten sich in einem kleinen Essbereich, den das Trio durchquerte, bevor es das spärlich beleuchtete Wohnzimmer betrat. Hier wurde Banerjhee mit seiner Vorstellung eines nutzlosen Vorzimmers zum Nirgendwo konfrontiert. Links der Eingangstür, gegenüber einer Couch, standen zwei flimmernde Fernsehgeräte Seite an Seite auf dem Boden. Ein Apparat hatte sein Signal verloren und zeigte nur Schnee. Gut möglich, dass er an den benachbarten Videorekorder angeschlossen war, dessen Anzeige blinkte. Abtastlinien wanderten gemächlich über das gläserne Antlitz des zweiten Apparats, riffelten über eine Komödie oder ein Drama, ein Stück jedenfalls, das sich in einer Küche abspielte, die in ihrer pastellfarbenen Sterilität das Gegenteil dessen darstellte, was sich hier, bei Toby und Esme, Küche schimpfte. Hinter den Apparaten sah man ein weiteres Videogerät und ein hohes Regal voller CDs und Kassetten zusammen mit einer Stereoanlage, die für leise Musik sorgte, die Banerjhee jedoch nicht hinreichend genug kannte, um sie als Trance zu bezeichnen. In seinen Ohren klang sie über alle Maßen nichtssagend, doch nach einigen Minuten bemerkte er widerwillig einen bestechenden Mangel an Tempo im Sound, so als habe jedermann die ganze Woche Zeit, um den Luftschutzbunker aufzusuchen, bevor im Grunde nichts mehr eine Rolle spielte. Ein Buch war nirgends zu entdecken.

Esme warf eine Fernsehzeitung und zwei Kissen auf den Boden, ihre Art, auf der Couch Platz zu schaffen.

»Setzen Sie sich, bitte.« Banerjhee nahm höflich Platz. Toby blieb vor den Fernsehgeräten stehen, deren Widerschein seiner Silhouette eine Art Aura verlieh, die durch seine Körperbehaarung allerdings ein wenig fransig wirkte. »Wonach steht dir der Sinn, Kumpel? Wir haben so gut wie alles da, und zwar reichlich.« Ein Mobiltelefon meldete sich mit den ersten Takten von *God Bless America.* »Kümmer dich um BJ, Esme«, sagte Pride und sah sich suchend um. »Wo zum Teufel ist …«

Die Hände in die Hüften gestemmt, baute sich Esme vor Banerjhee auf. »Es gibt zwei, drei Sorten Bier, Wein – ich glaube, weißer ist noch da und eine Menge roter und alle möglichen Whiskeys und so.« Sie schnippte mit den Fingern. »Mögen Sie Martinis? Mein Martini ist der Bringer.«

»Ach, tatsächlich?«, erwiderte Banerjhee schwach, während er darum kämpfte, auf dem weichen Sofa nicht unterzugehen.

»Yo. Seit dem College hab ich als Barkeeperin gejobbt.«

»Sie … waren auf dem College?«

»Na klar. Auf der Fullerton Akademie für Mixologie. Ich habe mich als Stripperin durchgeschlagen. Oh! Vielleicht kennen Sie den Laden, in dem ich gearbeitet habe?« Sie kniete sich hin. »*Fred's.* An der Straße zum John Wayne International? Wirklich nette Mädels, die das nicht so eng sehen mit dem Betatschen und so, aber Fred sorgt auch dafür, dass alles im Rahmen bleibt. In dem ganzen Jahr hab ich keine einzige Schlägerei gesehen. Kommt mir fast wie 'ne Ewigkeit vor.«

»Ist lange her, dass ich südlich von San José gewesen bin.« Banerjhee lächelte. »Ein Martini wäre optimal. Danke.«

Sie legte ihre Hände auf seine Knie und beugte sich nach vorn, ganz nah an sein Gesicht. Wieder gab die Nähe ihres Haares etwas fürs Logbuch des Geruchssinns her und das war weit davon entfernt, unangenehm zu sein. »Wodka oder Gin?«

»Wodka. Sehr trocken, sehr kalt.«

»Eine bestimmte Sorte?«

»Wodka, meinen Sie? Nun, je weniger, desto besser, denke ich.«

»Geschüttelt oder gerührt, der Herr?«

»Selbstverständlich geschüttelt«, legte sich Banerjhee mit einer gewissen Schüchternheit fest.

Esme sprang hoch, überschwänglich wie ein junges Mädchen, was sie ja – so zumindest Banerjhees Überlegung – irgendwie auch noch ist. Ganz klar. »Mögen Sie den Schmetterling auf meiner Pobacke?«, fragte sie lächelnd über ihre Schulter hinweg und hüpfte davon.

Banerjhee lächelte ebenfalls und schüttelte den Kopf.

»Wer würde das nicht?«

Auf dem Bildschirm links von ihm erschienen Bilder eines Videos oder einer Sendung, Zusammenschnitte rund um die Ereignisse, die sich am 11. September 2001 in Manhattan zugetragen hatten. Das sorgte bei Banerjhee für beträchtliche Unruhe.

Inzwischen hatte Toby sein Mobiltelefon gefunden, das sich, der Dunkelheit zum Trotz, als rot und blau und mit weißen Sternen besetzt entpuppte. Das Telefon eines Patrioten. Er nahm das Gespräch an und knapp zehn Sekunden später sagte er: »Hör zu, Arschloch, ich hab dir gesagt, du sollst nur einmal anrufen – und damit meine ich einmal. Was ist daran so schwer zu kapieren? Nein«, er schüttelte den Kopf, »jeder wird gleich behandelt.« Er verdrehte die Augen. »Das ist mir scheißegal.« Er hörte zu. »Das ist mir immer noch scheißegal.« Er ging im Zimmer auf und ab. »Jetzt ist es mir völlig scheißegal.« Wieder schüttelte er den Kopf. »Ich rufe dich an, wenn ich so weit bin.« Er hörte zu. »Dann sind wir schon zwei.«

Er klappte das Mobiltelefon zu und legte es auf den rechten Fernsehapparat. Auf dem Bildschirm tätschelte ein Mann die Motorhaube des ersten in einer langen Reihe von Autos. In dieser Einstellung flatterte an jeder Autoantenne eine amerikanische Fahne.

Banerjhee wandte den Blick ab, nur um auf der anderen Mattscheibe mit nackten Leuten konfrontiert zu werden, die Sex miteinander hatten.

Toby leistete ihm auf der Couch Gesellschaft.

In einer derartigen Situation hatte sich Banerjhee noch nie zuvor befunden. Ihm fehlten schlicht die Worte. Im Endeffekt sahen sich Toby und er für einige Minuten einen Porno an, was zu noch mehr Unbehagen beitrug.

Aus der Küche ertönte das unverwechselbare Geräusch von Eis in einem Cocktail-Shaker. Nun, sinnierte Banerjhee, vielleicht weiß Esme tatsächlich, wie man einen Martini macht. Wer hätte schließlich gedacht, dass Toby Pride einen Cocktail-Shaker besitzt?

»Jetzt besorgt es ihr endlich«, sagte Toby plötzlich und machte eine entsprechende Geste mit der geballten Faust.

Auf dem Bildschirm erschien ein Mann, der ihm den Gefallen tat.

»Ja, ähm«, sagte Banerjhee, der wenig geneigt war, sich die ganze Nacht Pornos anzusehen, »was läuft denn sonst noch?«

»Komm schon, Alter, hör auf zu – was?« Toby ließ alle Konzentration fahren, um Banerjhee anzusehen.

»Was … ähm … ist mit den Bildern über das World Trade Center?«

»Oh«, sagte Toby, »man entkommt dieser Scheiße nicht. Ist euch auch schon aufgefallen, oder?«

Anstatt in dieser Atmosphäre knospender Freundschaft für Verblüffung zu sorgen, indem er schlicht seine Abstinenz gegenüber diesem Medium erklärte, sagte Banerjhee lediglich: »Nein, ist mir noch nicht aufgefallen.«

»Irgendein Typ in der Nachbarschaft verbringt seine ganze Zeit damit, diesen Pornokanal zu stören.«

»Verbringst du denn deine ganze Zeit damit, ihn anzuschauen?«, fragte Banerjhee frei heraus.

Toby zündete sich eine Zigarette an. Das verwirrte Banerjhee, der seit Jahren nicht gesehen hatte, dass in Innenräumen geraucht wurde. »Ich habe deswegen schon bei diesem beschissenen Kabelanbieter angerufen.« Toby stieß den Rauch aus und Banerjhee ertappte sich bei der Frage, ob es in Chicago möglicherweise zu kalt sei, um Leute dazu bewegen zu können, außerhalb zu rauchen.

»Ist dir dieser seltsame Truck noch nicht aufgefallen?«, fragte Toby. »Der Tag und Nacht durch die Nachbarschaft kurvt? Du lieber Himmel, es ist ein Humvee, aber nicht irgendein Humvee, sondern das große Militärmodell. Den kann man gar nicht übersehen.«

Banerjhee schon.

»Also«, fuhr Toby fort, »er ist vollkommen schwarz, von Stoßstange zu Stoßstange, das ganze Dach voll mit Antennen, ringsum getönte Scheiben und kugelsichere Reifen, soweit ich es beurteilen kann. Kaum zu glauben, dass du den nicht gesehen hast.« Er schüttelte den Kopf.

»Mit diesem Gefährt gehen die Kabeltypen auf die Pirsch.«

»Ich kann selbst kaum glauben, dass der mir nicht aufgefallen ist, so, wie du ihn beschreibst, aber es ist so. Wie stört denn der Typ dein Kabelsignal? Und warum?«

Toby blies einen Rauchring gen Fernseher. »Das habe ich die auch gefragt. Offenbar speist er den Output eines kleinen Senders in einen Zwischenverstärker des Kabelnetzes ein. Diese Verstärker findet man überall – an Telegrafenmasten, in Schaltkästen, außen an Gebäuden – und es ist nicht sehr schwer, sich Zugang zu verschaffen. Ich kenn mich mit der Technik nicht so aus, aber die Kabeltechniker haben mir erzählt, dass innerhalb weniger Tage ein neuer Sender in Betrieb ist, kaum dass sie einen gefunden und außer Gefecht gesetzt haben. Die Sender sind Marke Eigenbau, doch offenbar ganz gut gemacht. Ordentlich verdrahtet, sorgfältig gelötet, mit Allerweltsbauteilen, deren Herkunft man nicht zurückverfolgen kann. Rechtlich gesehen müssen sie den Typen auf frischer Tat ertappen … wenn er diesen Zwischenverstärker beschädigt oder beim Senden oder bei beidem gleichzeitig. Bisher ist ihnen das nicht gelungen. In der Zwischenzeit kann der Truck einen ganz schön paranoid machen, verstehst du? Dieser Kabelpirat scheint dagegen genau zu wissen, wann der Wagen auf der Bildfläche erscheint, weil das Signal dann nicht mehr zu lokalisieren ist. Da ist er ja wieder.«

Unterlegt mit den Klängen der Nationalhymne flimmerte körniges Filmmaterial über den Bildschirm, das zeigte, wie ein Flugzeug in einen der Türme des World Trade Centers einschlug.

»Manchmal liest er diese Schmähreden vor oder er rezitiert sie, hält sie aus dem Stegreif. Es sind nie exakt die gleichen und sie scheinen live gesendet zu werden, verkünden aber immer dieselbe Botschaft, dass Amerika diese Scheiße von Osama bin Laden verdient hat, weil wir es zugelassen haben, dass er und seine Kultur an Einfluss gewinnen, dass wir den Islam während der Kreuzzüge hätten ausradieren müssen und so weiter und so weiter … bis zum …« Tobys Hand mit der brennenden Zigarette zauberte rote Kreise im Dämmerlicht.

»Bis zum Erbrechen?«

»Genau – du sagst es. Dabei ist es nicht mal schlüssig. Ein verwirrter Typ eben, unfähig, seine Story rüberzubringen.«

»Und warum siehst du dir das an?«

»Scheiße«, stieß Toby begeistert hervor, den fleckigen Filter seiner Zigarette zwischen die Zähne geklemmt, »wenn die ihn schnappen, gibt's vielleicht 'ne fette Schießerei, verstehst du? Die will ich auf keinen Fall verpassen.« Er nahm die Zigarette aus dem Mund und gestikulierte damit. »Deshalb zeichne ich rund um die Uhr alles auf, falls ich nicht da sein sollte, wenn's losgeht. Die andere Anlage«, er deutete auf den rechten Fernsehapparat, »nimmt das Material der Nachrichten-Hubschrauber auf, wenn die live vom Geschehen berichten. Deshalb der zweite Videorekorder.«

Im Dunkel hinter dem zweiten Fernseher, dicht am Fuße des Stereoregals, leuchtete ein rotes Lämpchen neben einer blassblauen LCD-Anzeige mit blinkenden Zahlen.

»Außerdem verstellt er seine Stimme«, fuhr Toby fort. Er versetzte Banerjhee einen Schlag aufs Knie und grinste. »Bis heute Abend haben Esme und ich gedacht, dass du dahintersteckst.«

»Was?«, erwiderte Banerjhee erschrocken. »Ich?«

»Na klar.« Mit der Kuppe seines Ringfingers entfernte Toby Asche von seiner Zigarette. »Arbeitslos, intelligent, Abschlüsse in Naturwissenschaften, viel Freizeit, vielleicht noch ein wenig Verbitterung – warum nicht?«

»Du hast meine dunkle Hautfarbe vergessen«, fügte Banerjhee kalt hinzu.

»Nein, hab ich nicht«, antwortete Toby mit einem entwaffnenden Lächeln. »Und ich wette, die Profiler haben es auch nicht. Wieso also nicht?«

»Wieso – wie – wieso also nicht?«, stotterte Banerjhee.

»Weil ich verflixt noch mal ein ehrlicher Steuerzahler bin, darum nicht.«

»Tja«, sagte Toby, »diesen Teil habe ich weggelassen, aber hey«, er schlug wieder auf Banerjhees Knie, »du bist es schließlich nicht. Du bist hier. Und dieser Typ«, er wies mit dem Daumen auf den linken Fernseher, »ist da. Um wen auch immer es sich handelt.«

»Exakt«, sagte Banerjhee hölzern, der sich nicht sicher war, ob Toby ihn auf den Arm genommen hatte. »Also, wirklich, warum schaust du dir diesen Mist an?«

»Soll das 'ne ernst gemeinte Frage sein? Alter, wenn die ihn erwischen, hetzen sie ihm ein SWAT-Team auf den Hals. Letzten Endes hat er dem Kabelanbieter in die Suppe gespuckt. Das ist ein Straftatbestand, und zwar bundesweit. Und wenn es hier abgeht, wird alles live gesendet und man braucht nur noch zuzuschauen.« Er deutete mit der Zigarette auf den linken Bildschirm.

»Wir haben ihn quasi im Wohnzimmer, hören, wie er die Szenerie beschreibt und agitiert, Sandwiches aushandelt, vielleicht sogar mit scharfer Munition aus dem Fenster schießt. Und auf dem anderen Gerät haben wir den Hubschrauber und die Kommentatoren, Scharfschützen auf den Dächern und eine geile Polizeisprecherin. Wart's ab.« Er zog an seiner Zigarette. »Das wird grandios, BJ. Mehr live geht nicht. Marshall McLuhan im Kaninchenbau. Ich hol dich rüber, wenn's losgeht. Hey, Esme!«

Mehr live geht nicht, wiederholte Banerjhee innerlich.

»Was?«, lautete die Antwort aus der Küche.

»Bringst du uns Rainier, Süße?«

»Kommt sofort.«

»Hey!« Toby schnippte mit den Fingern. »Willst du's sehen?«

»Habe ich nicht bereits alles gesehen?«, erwiderte Banerjhee höflich, aber entsetzt.

Toby erhob sich. »Was? Ach so!« Die Zigarette in der Hand, hob er seinen Hodensack an. »Yo«, feixte er, »ich meine den Gewinn. Alles noch jungfräulich.«

»Vom Lotto? Du hast es dir schon auszahlen lassen?«

»Schon? BJ, Alter, ich war scharf auf die Knete wie ein Hund auf seinen Knochen. Hab den Scheck sofort zur Bank gebracht und eingelöst. Ich zeig's dir. Das ist so was von abgefahren.«

Er förderte einen Teller aus einer halb offenen Schublade im Stereoregal zutage. Mit der Stiefelspitze angelte er nach einem Beistelltisch hinter dem Regal, zog ihn hinter sich her über den Teppich zu Banerjhee und stellte den Teller darauf. Auf dem Teller lagen vier Bündel 100-Dollar-Noten mit Banderolen und ein Bündel mit losen Scheinen, das durch ein Gummiband zusammengehalten wurde, sowie ein kleiner, runder Schminkspiegel, auf dem sich Streifen weißen Staubes befanden.

»Zieh dir das mal rein«, Toby versuchte, Banerjhee zu begeistern, »in jedem Bündel sind hundert Scheine, in dem anderen da fünfzig. Ist das nicht irre?«

Jede Banderole war bedruckt mit der Zahl $10.000. Banerjhee sah sich das an, berührte aber nichts, obwohl er so etwas noch nie vor Augen gehabt hatte.

Esme schwebte geradezu ins Zimmer, ein Tablett in den Händen, auf dem zwei Gläser, randvoll mit Martinis, ein gekühltes Glas und eine Flasche Bier standen. Sie schob Tobys Lottogewinn beiseite und stellte das Tablett auf dem Tisch ab. »Voilà …«

»Wunderbar«, sagte Banerjhee.

»Yeah«, meinte Toby kläglich.

»Ich habe keinen Tropfen verschüttet, Mr. Banerjhee«, sagte Esme und reichte ihm vorsichtig den Drink. »Ich versteh mich noch auf mein Handwerk.«

»Cheers«, sagte Banerjhee und erhob das eiskalte Glas.

Esme nahm das andere und berührte den Rand seines mit dem Boden ihres Glases. »Auf ein langes Leben.«

»Damit kannst du ihn nicht beeindrucken, Esme«, sagte Toby grinsend. Er stieß mit dem Hals der grünen Flasche zuerst an ihr Glas, dann an Banerjhees. »Er hat bereits ein langes Leben gehabt.« Dann goss er sich Bier ins Glas und hob beides, Flasche und Glas, in das diffuse Licht.

»Wohl wahr«, meinte Esme nachdenklich. »Aber vielleicht glauben Sie ja an Reinkarnation?«

»Keineswegs«, erwiderte Banerjhee.

Das Geschrei einer offenkundig verfälschten Stimme dröhnte aus dem geschändeten Kabelnetz. »Tod über Amerika!«

»Komm schon, Alter«, knurrte Toby den Fernseher an.

»Leben und leben lassen.«

»Hey«, sagte Esme und ließ ihren Blick vom linken Fernseher zu Toby und dann zu Banerjhee wandern. »Er ist es nicht.«

»Der Dude ist sauber«, bestätigte Toby. Mit einem Anflug allwissender Generosität lächelte er seinem Glas zu, auf dem der Schaum eine perfekte weiße Krone bildete, die sich über den Rand wölbte, ohne wegzubrechen. »Wie wär's? Trinken wir doch darauf, dass wir sozusagen völlig erwerbslos sind.«

7

»Abenteurertum wird mit Feuer begegnet«, verkündete der Sprecher krächzend. Videomaterial in grober Bildauflösung zeigte Szenen ratloser Broker, die sich auf dem Handelsparkett der New York Stock Exchange an die Köpfe fassten. Pornografisches überlagerte Bilder vom Börsenhandel und umgekehrt, beides wurde wechselseitig ein- und ausgeblendet.

»Der Kerl will's wirklich wissen«, sagte Toby und versenkte den Stummel seiner Zigarette in der leeren Rainier-Flasche. »Erwartet der tatsächlich, damit durchzukommen, wenn er Börse und Pornografie in einen Topf wirft?«

»Er wäre nicht der Erste, der diesen Vergleich anstellt«, konstatierte Banerjhee. Tatsächlich dachte er, dass Menschen, die niemals Fernsehen konsumierten, Gefahr liefen, in Sprachlosigkeit zu verfallen, wenn sie sich damit konfrontiert sahen.

Toby sagte einfach: »Das ist unpatriotisch. Es werden bald mehr Leute an seinen Fersen kleben als die paar angepissten Techniker vom Kabelfernsehen.«

»Einen Krieg auf der Grundlage einer Vorspiegelung falscher Tatsachen zu führen«, erwiderte Banerjhee nach einem kurzen Schweigen, »ist ebenfalls unpatriotisch.«

Tobys Kopf vollführte eine langsame Vierteldrehung.

Im Seitenlicht der beiden Fernsehgeräte ähnelte er irgendwie einem Waran, der träge den letzten Touristen ins Visier nimmt, der das Ufer betritt. »Es ist unpatriotisch, den Kapitalismus zu verunglimpfen, BJ«, sagte er schlicht. »Unpatriotisch sein heißt unklug sein.«

Banerjhee lenkte vorsichtig vom Thema ab. »Weißt du noch mehr über die Technik des Anti-Patrioten?«

»Sie ist genauso simpel wie raffiniert. Im Wesentlichen verwendet er frisierte Walkie-Talkie-Technologie, hat mir jedenfalls der Kabeltechniker erzählt. In einem Schaltkasten am Seitenstreifen Redwood Avenue Ecke Luther Burbank Lane haben sie einen Empfänger gefunden – das muss so knapp zweieinhalb Kilometer von hier sein, oder? Sie haben die Bestandteile analysiert und herausgefunden, dass sein Sender eine Reichweite von maximal sechs Kilometern hat, also gehen sie offiziell in der Nachbarschaft auf Kundenfang. Haben sie bei dir noch nicht angeklopft«

»Nein«, erwiderte Banerjhee und hing seinen Gedanken nach.

»Hm«, sagte Toby, scheinbar ähnlich nachdenklich.

»Das ist merkwürdig.«

»Da könnte man glatt auf Verschwörungstheorien kommen«, meinte Banerjhee.

»Sehe ich genauso«, pflichtete Toby ihm bei.

»Du zuerst.«

»Na gut.« Toby legte los. »Der erste Gedanke ist immer der beste: Du bist kein Weißer, kennst dich mit Technik aus und vertrittst gewisse liberale Ansichten, also bist du ein Verdächtiger.«

»Bingo.«

»Staatsbürgerschaft spielt keine Rolle.«

»Offensichtlich nicht.«

»Nicht mehr als der Status als Veteran.«

»So weit würde ich nicht gehen.«

Toby runzelte die Stirn. »Wo warst du während des Vietnamkriegs? War das nicht ungefähr zu …«

»Zu meiner Zeit?«

»Yeah. Zu deiner Zeit.«

»Man hat mich zurückgestellt. Aufgrund eines von mir zu leistenden nicht militärischen Beitrags zu den Kriegsanstrengungen.«

»Dein Vater war Gouverneur von Texas?« Banerjhee schüttelte den Kopf.

Toby zuckte mit den Achseln. »Hab's nur mal so anklingen lassen, denn wenn er's gewesen wäre, wär das ziemlich patriotisch.«

»Weder er noch ich waren in der Richtung aktiv.« Toby deutete mit dem Finger auf Banerjhee. »Du warst Sanitäter? In einem Krankenhaus?«

»Ich sollte nicht darüber reden.«

»Noch einen Martini?«

Banerjhee blinzelte sein Glas an. Es war leer. »Na klar.«

»Esme!«, Toby erhob seine Stimme, »Bedienung!« Esme erschien wieder auf der Bildfläche.

»Mögen Sie die Olive nicht?«, fragte sie mit Blick auf Banerjhees Glas.

»Oh. Natürlich.« Banerjhee streifte sie mit den Zähnen vom Zahnstocher.

»Gut?«

»Absolut köstlich.« Banerjhee ließ den Zahnstocher in das leere Glas fallen und musste aufstoßen. Er tat dies höflich, hinter vorgehaltener Hand.

»Siehst du?«, sagte Esme zu Toby. »Ein Gentleman.« Toby setzte eine belustigte Miene auf, die zum Ausdruck brachte, dass er willens und in der Lage sei, unter Verzicht auf eine vorgehaltene Hand zu rülpsen.

Auf ihrem Weg in die Küche drehte Esme sich um.

»Ich hab ganz vergessen, Ihnen zu sagen, dass diese Oliven mit einem Scheibchen Habanero garniert sind, Mr. Banerjhee. Kennen Sie diese Pfefferschote? Ist es zu scharf?«

Banerjhee fuhr sich über die Lippen. »Ich habe mich schon gefragt, warum es so vorzüglich schmeckt.«

»Die haben es ziemlich in sich«, versicherte sie.

»Sie müssen mal die Chicken Mole mit grüner Chilisauce meiner werten Gattin probieren.« Der Habanero trieb ihm Tränen in die Augen. Er lächelte. »Garantiert eine gute Blutzirkulation.«

»Wieso das?«, fragte Esme.

»Das vierte Element ist Feuer. In Form von Cayenne, Spanischem Pfeffer und allen nur erdenklichen Chilisorten verabreicht, unterstützt das Feuer die Blutzirkulation.«

»Feuer«, kreischte es verzerrt aus dem Lautsprecher.

»Feuerregen!«

»Regen oder Segen?«, fragte Toby den Fernseher.

»Oh«, sagte Esme. »Ich glaube an so was. Dabei bin ich nicht mal Skorpion.«

»Schauen Sie mich an«, feixte Banerjhee. »Ich bin das Paradebeispiel.« Er strich sein Hawaiihemd über seinem Bauchansatz glatt. »Ohne scharfes Essen wäre ich aufgeschmissen.«

Esme kicherte und hob das Glas in die Höhe. »Noch mal das Gleiche?«

Banerjhee hielt zwei Finger hoch. »Könnte ich diesmal bitte zwei Oliven haben?«

»Manieren, siehst du?«, sagte Esme an Tobys Adresse und ging Richtung Küche. »Bestellung kommt sofort.«

»Da ist ja der geisteskranke Scheißer«, verkündete Toby.

Auf dem linken Bildschirm war ein Mann in Kaftan und Turban zu sehen, der im Freien auf einem Teppich saß. Im Hintergrund, an einen Felsen gelehnt, sah man eine Kalaschnikow. Spanische Untertitel liefen über den oberen Teil des Bildschirms, englische über den unteren.

»Da du nicht fernsiehst, sollte ich dich darüber aufklären, dass das Osama bin Laden ist, der Typ, der als führender Kopf der Angriffe auf das World Trade Center gilt.«

»Hm.«

»Alle Anschläge gehen auf sein Konto. Auch der von diesen Idioten aus Ägypten mit dem blinden Mullah aus New Jersey als Drahtzieher, wo man schon 1993 versucht hat, das Fundament mit einer Düngerbombe zu sprengen, und vermutlich eine Reihe vereitelter Attentate, über die die Regierung sich ausschweigt, und schließlich der erfolgreiche Anschlag von 2001 als Höhepunkt.«

»Selbst ich, der nur Zeitung liest, weiß, wer dieser Typ ist«, stellte Banerjhee klar. »Oder war.«

Toby sah ihn an. »Schon bei unserer ersten Begegnung hast du erwähnt, dass du kein Fernsehen siehst. Ist das so ’ne fixe Idee oder was?«

»Ich besitze gar kein Gerät. Das erleichtert es.«

»Na dann sieh mal«, sagte Toby belustigt, »was du alles verpasst.«

Banerjhee sah hin. Auf dem linken Bildschirm, überlagert von Pornoszenen, lief das Bin-Laden-Video, dessen körnige Auflösung durch den Piratensender noch vergröbert wurde. Auf dem rechten Bildschirm wandte sich ein junger Mann, schlank und mit akkuratem Haarschnitt, an eine Riege Schauspielschüler, die munter für die Kamera posierten. Obwohl der Ton ausgestellt war oder gerade weil er ausgestellt war, konnte man sehen, wie jeder auf seinen Einsatz wartete, mit den Augen den Drehbuch-Dialog verfolgte oder vergnügt ein wenig improvisierte. Alle Schauspieler waren attraktiv, alle bis auf einen weiß und alle trugen maßgeschneiderte Kleidung in Pastelltönen. Der Set – ein Café – war unspezifisch genug, um jede Assoziation mit einem bekannten, real existierenden Ort ad absurdum zu führen; das Gleiche galt für die geschniegelte Schar der Gäste, die den Hintergrund bevölkerte. Die Gesetze, die dieses und nahezu jedes andere Segment des Tele-Universums bestimmten, Hollywoodfilme inklusive, hatten nichts mit den Gesetzen gemein, die aus Banerjhees Sicht maßgeblich waren. Er machte sich daran, Toby das auseinanderzusetzen, doch der fing ziemlich schnell an zu lachen.

»Ich weiß das, BJ, Mann«, hielt er dagegen. »Aber Tatsache ist nun mal, dass es immer mehr Leute gibt, für die es unproblematischer ist, sich wie Schauspieler aufzuführen, die sie im Fernsehen gesehen haben, als ihre eigene reale Persönlichkeit aufrechtzuerhalten.«

»Und deswegen schaust du dir das an?«

»Machst du Witze?«, sagte Toby und wies auf die Bildschirme. »Warum sollte man sich das entgehen lassen? Es ist die ultimative Katastrophe!«

»Toby, mein Freund«, erwiderte Banerjhee, nachdem er kurz in sich gegangen war, »ich denke, du hast soeben die Kontraposition zu meiner Begründung, nicht fernzusehen, perfekt formuliert.«

»Was hast du gesagt?«

»Wenn Fernsehen die ultimative Katastrophe ist«, sagte Banerjhee und deutete nun seinerseits auf die Bildschirme, »dann ist nicht Fernsehen die nicht ultimative Katastrophe.«

Zwar hatte Banerjhees halb scherzhaft gemeinte Ausführung in Sachen Logik Toby nicht direkt überfordert, aber er wollte sich in diesem Punkt auch nicht geschlagen geben. Um Zeit zu gewinnen oder weil er nikotinabhängig war, zündete er sich eine neue Zigarette an.

»Aber im Fernsehen gibt es einen Haufen guter Sachen, BJ.«

Er blies den Rauch zum rechten Bildschirm und wedelte mit der Hand durch die Schwaden. »Ich meine nicht den Mist da. Ich meine so Sachen wie den History Channel.« Er wandte sich um und sah Banerjhee an.

»Auch im Nature Channel zeigen sie gutes Zeugs. Das kann sehr lehrreich sein.« Toby parkte die Zigarette im Mundwinkel und kratzte sich mit der nunmehr freien Hand den nackten Oberschenkel. In der anderen hielt er die Fernbedienung, locker und dennoch kontrolliert, wie ein Cowboy, der sein zusammengerolltes Lasso hält und gleichzeitig den Viehbestand im Auge hat. »Nicht zu vergessen die Radrennen, live aus Europa, mitten in der Nacht.«

»Ich wette, die sind das perfekte Mittel gegen Schlafstörungen«, meinte Banerjhee und nickte. »Außerdem vermute ich, dass der Nature Channel einer Menge Leuten die Unbill erspart, Orte zu bereisen, auf die sie sonst ewig neugierig wären – ergo bleiben ihnen auch Kosten und Mückenstiche erspart. Im Gegenzug erfährt sowohl die relevante natürliche Tier- und Pflanzenwelt als auch die Wildnis im Allgemeinen keine Misshandlung durch den Tourismus, ein Umstand, den man nur begrüßen kann.«

Toby schüttelte den Kopf. »Alter«, sagte er und lachte, »du bist ein kompromissloses, voreingenommenes Arschloch.« Dann sah er Banerjhee mit ernster Miene an. »Die meisten Leute tun ihr Bestes.«

Banerjhee lächelte gutmütig. »Soll das ein Versuch sein, mich zu deprimieren?«

Toby schnalzte mit der Zunge. »Scheiße, nein. Für so was hab ich Pillen.«

Esme kam herein, um den nächsten Martini zu servieren; Kondenströpfchen rannen an dem eiskalten Kegel des Glases herunter. Zwei Oliven auf einem Zahnstocher dümpelten sanft im eisigen Wodka wie eine Rettungsboje in einer ruhigen arktischen Strömung. Eine davon aß Banerjhee sofort.

Auf dem linken Bildschirm wich die Hasstirade schwarz-grünen Nachtaufnahmen von präzisionsgelenkter Munition, Flugkörpern, Raketen, Leuchtspurgeschossen und anderem Artillerieregen, der 1993 auf Bagdad niedergegangen war.

»Da«, Toby deutete mit seiner Zigarette auf die Bilder »mein Krieg.«

Ein Logo in der unteren linken Ecke des Bildschirms identifizierte das aufgezeichnete Filmmaterial als von *CNN* gesendet. Parallel zum pornografischen Stöhnen wurde ein arabischer Begleitkommentar ein- und ausgeblendet, der hinter den Explosionen kaum zu verstehen war.

»Wie gehabt –«, begann Banerjhee und nippte am Martini, »– ganz vortrefflich«, sagte er anschließend zu Esme, die daraufhin vor Freude strahlte.

»Dieser kranke Wichser«, murmelte Toby.

Banerjhee deutete mit der aufgespießten Olive auf den linken Bildschirm, wo jetzt wieder das Bin-Laden-Video flimmerte. »Warum ist er krank?«

»Ach«, sagte Toby, »doch nicht der. Er ist nur ein Arschloch. Ich meine den, der dieses Zeug sendet. Er versaut den einzigen Pornokanal, den man im Abo-Paket empfangen kann.«

»Wie viele Kanäle umfasst das Paket?«

»Zweihundertfünfzig, oder?«

»Zweihundertfünfunddreißig«, korrigierte Esme und setzte sich in den Rattansessel gleich links von Banerjhee.

»So viele und nur ein Pornokanal?«

Toby zuckte die Achseln. »Ist doch sowieso alles pornografisch.«

»Vielleicht gehört die Firma irgendwelchen Christen«, meinte Esme. »Willst du noch ein Bierchen?«

»Ja.« Toby ließ den Stummel seiner zweiten Zigarette in den Hals der leeren Flasche fallen und sagte zu Banerjhee: »Zum Glück bist du nicht er.«

»Ja, was für eine Erleichterung!«, bekannte Banerjhee. Es ging über sein Vorstellungsvermögen, Zeit mit Gedanken an Videomaterial zu verschwenden, geschweige denn hinreichend genug fernzusehen, um sich das Archivmaterial zuzulegen, das Typen wie Toby als unterhaltsam erachten würden. Zu diesem Schluss hätte auch Toby kommen können, wäre er ein aufmerksamer Beobachter gewesen. Wie auch immer, Banerjhee kam es fast wie ein Segen vor, von der Liste der Verdächtigen gestrichen worden zu sein.

Noch mehr Filmmaterial über die Bombardierung. Verzerrtes Gackern von Hühnern dominierte den Ton.

»Also dann«, sagte Toby und kratzte sich den unfrisierten Kopf, »erzähl uns noch mal, was du während des Krieges gemacht hast.«

»Ich habe euch überhaupt nichts erzählt.«

Toby streckte seine Arme aus. »Was spielt das noch für eine Rolle?« Er wies auf die Bildschirme. »Wir sind bereits vier oder fünf Kriege weiter.«

Banerjhee überlegte und sagte dann entschlossen:

»Nur so viel: Mein Beitrag hatte mit chemischer Verfahrenstechnik zu tun. Die Arbeiten an diesem Vorhaben führten zu keinem Ergebnis, weshalb es auch nie zur praktischen Anwendung kam. Ich habe lediglich fünf Monate mit dem Projekt zugebracht, bevor es einkassiert wurde, und war anschließend von weiterer Wehrpflicht befreit.«

»Also war es so eine Art *Star-Wars*-Geschichte?« Banerjhee runzelte die Stirn und nippte an seinem Martini. »Du meinst, weit hergeholt? Als ich mich das letzte Mal damit befasst habe, verstand man unter dem sogenannten *Star-Wars*-Programm, dass Politiker Physikern erzählen, es sei für ambitioniertes amerikanisches Knowhow keine Hürde, in der Ionosphäre unmittelbare Dreiband-Billard-Stöße auszuführen – ist *Star Wars* damit einigermaßen verständlich beschrieben?«

»Das ist mir zu hoch«, gab Toby unumwunden zu.

»Ich dachte, es hätte was mit nationaler Sicherheit zu tun«, meldete sich Esme aus Richtung Küchentür zu Wort.

»Davon mal abgesehen«, sagte Banerjhee und nickte mit dem Kopf, »beschreibt das *Star Wars* für mich und ich bin der einzige Wissenschaftler hier im Raum. Richtig?«

»Bis auf die Mixologin«, stellte Toby klar, als Esme ihm ein Bier reichte.

»Nun, dann eben weit hergeholt. Das ist nicht ungewöhnlich. Um das zu untermauern, werde ich kurz skizzieren, was ich beigetragen habe zu den Kriegsanstrengungen in ... meiner Zeit. Dem Vietnamkrieg.« Banerjhee deutete auf die Bildschirme. »Unter anderem war es der erste Fernseh-Krieg.«

»Der erste Krieg, den Amerika verloren hat«, bemerkte Esme.

»Hey«, sagte Toby.

»Unter anderem«, ergänzte Banerjhee.

»Eine Geschichte.« Esme setzte sich in den Rattansessel und schlug die Beine übereinander. »Bin ganz Ohr.«

»Baby«, sagte Toby, als könne er Banerjhees Gedanken erraten, »du bist viel mehr als nur ganz Ohr.«

»Eines schönen Tages«, begann Banerjhee, »saß ich in meinem Zimmer in Menlo Park und versuchte ein BASIC-Programm zu schreiben, das freie Radikale nach Ordnungszahlen sortiert.«

Esmes heiterer Gesichtsausdruck fror buchstäblich ein.

»Was haben Sie gesagt?«

»Nun, da Sie danach fragen: Bei der Oxydation bleiben organische Verbindungen zurück, unter bestimmten Bedingungen jedoch gehen einige Valenzelektronen keine Verbindungen ein.« Banerjhee winkte ab. »Aber lassen wir das.«

Daraufhin nippte jeder erst einmal an seinem Drink.

»Ist Rost nicht auch so ein Prozess der Oxydation?«, fragte Esme ernsthaft interessiert.

»In der Tat, Esmerelda, genau wie Feuer.«

»Sie meinen«, sagte Esme, »wenn man in eine Habanero-Schote beißt, oxydiert die Zunge?«

»Hm. Eigentlich habe ich mich auf richtiges Feuer bezogen – Papier oder Holz, eben alles, was in Verbindung mit Sauerstoff brennt. Aber wissen Sie, Esme, Sie haben da eine interessante Prämisse formuliert.« Banerjhee nippte am Martini. »Ich werde mal ein wenig Pfeffer-Forschung betreiben und dann auf Sie zurückkommen.«

»Oh.« Esme winkte verlegen ab. »Machen Sie sich bloß keine Umstände deswegen.«

»Davon kann keine Rede sein. So etwas macht Spaß. Wer weiß? Vielleicht lernen wir was daraus.«

»Vielleicht kannst du einen Beitrag für *Food Network* machen«, schlug Toby vor.

»Dafür«, sagte Banerjhee mit Nachdruck, »fehlt mir definitiv die Zeit.«

»Also … Oxydation«, nahm Esme den Faden wieder auf.

»Ja. Nun, es war in der Anfangsphase des Computers, schon lange her, aber darum geht's eigentlich nicht. Jedenfalls klopfte es an meine Tür.«

»Oh-oh«, sagte Toby und wischte sich mit dem Unterarm übers Kinn.

»Genau«, bekräftigte Banerjhee. »Zwei Männer stellten sich mir vor, der eine als Unternehmer im Auftrag des Verteidigungsministeriums und der andere, soweit ich beurteilen konnte, war das Verteidigungsministerium in Person. Dieser Typ präsentierte mir einen Einberufungsbescheid – meinen Einberufungsbescheid –, faltete ihn und steckte ihn in einen an mich adressierten Umschlag.

›Akzeptieren Sie den Vorschlag meines Kollegen, Ihrem Land im Rahmen einer einmaligen Gelegenheit einen großen Dienst zu erweisen‹, erklärte er mir, ›oder dieser Umschlag wandert in den nächsten Briefkasten.‹«

»Einfach so?«, fragte Toby. »Keine Tests, keine Untersuchung, kein Nix? Keine Zurückstellung, weil du am College warst?«

Banerjhee schüttelte den Kopf. »Nein, einfach so.«

»So viel zu Überredungskünsten«, brachte Esme es auf den Punkt.

»Um es kurz zu machen«, Banerjhee nickte voller Ingrimm, »ich fand mich in der Wüste wieder, südöstlich von Salt Lake City, lebte und arbeitete in einem unterirdischen Labor, wo sich nur Mitarbeiter tummelten, über die ich nicht mehr herausfinden durfte als ihre Vornamen und ansatzweise etwas über ihre Spezialgebiete.«

»Ist das nicht«, sagte Esme gedehnt, »in der Nähe, wo ein Experiment der Regierung mit Anthrax mächtig in die Hose gegangen ist und acht- oder zehntausend Schafe hingerafft hat?«

»Ganz in der Nähe, ja«, gab Banerjhee leise zu.

»Was in aller Welt haben Sie dort gemacht, Mr. Banerjhee?« Esme klemmte den linken Fuß unter ihren rechten Oberschenkel und stützte ihren Martini auf der Wade ab.

»Okay«, mischte sich Toby ein. »Jetzt musst du uns aber erzählen, was in aller Welt du da gemacht hast.«

»Nein, werde ich nicht. Ich darf nicht. Ich darf über die Einzelheiten der Aufgabe nicht reden«, erwiderte Banerjhee ernst. »Ich habe eine Verpflichtungserklärung in Sachen Geheimhaltung unterschrieben. Die Details würden euch sowieso nichts sagen. Es genügt die Information, dass meine Arbeit mit organischer Chemie zu tun hatte.«

»Sie haben Giftgas hergestellt?«, fragte Esme entsetzt.

»Nein«, widersprach Banerjhee vehement. »Kein Giftgas.«

»Gott sei Dank«, entfuhr es Esme erleichtert.

»Warum ausgerechnet du?« Toby runzelte die Brauen.

»Nimm's nicht persönlich, aber zu jedem Zeitpunkt muss Kalifornien doch voll sein mit Leuten, die was von organischer Chemie verstehen. Ich meine Professoren oder Typen, die Bücher darüber geschrieben haben.«

»Wohl wahr. Und diesen Teil kann ich auch erklären, weil er nicht geheim ist und euch einen Anhaltspunkt bietet, was wir dort gemacht haben. Aber von mir habt ihr das nicht.« Banerjhee sah beide an und beide zuckten mit den Achseln.

»Na klar«, sagte Esme.

»In Ordnung«, sagte Toby.

»Ich fürchte, es klingt unglaublich und heimtückisch zugleich.«

»Klasse.«

»Weshalb das?«, fragte Esme.

»Diese beiden Regierungstypen wussten, dass ich als Student einen Sommer lang eine Art Praktikum in Basel – das ist in der Schweiz – absolviert habe, als Laborassistent bei einem gewissen Pharmaunternehmen.«

Toby legte die Stirn in Falten. »Warum läutet bei mir da eine Glocke?«

Esme schüttelte verwirrt den Kopf. »Sollte es das?«

»Ja, ja«, meinte Banerjhee mit einem Anflug von Schwärmerei, »Zeit ist schon eine wunderbare Sache. Auch hier in Kalifornien.«

»Natürlich haben wir Zeit in Kalifornien«, sagte Esme.

»Ist das nicht überall so?«

»Ich denke schon«, erwiderte Banerjhee verduzt.

»Also, was ist so besonders an einem Studiensommer in den Alpen?«, wollte sie wissen.

»Nun, es gab da einen hervorragenden Chemiker, an dessen Arbeit neben einer Menge anderer Leute auch unsere Regierung großes Interesse hatte. Das Erste, was mich aufgerüttelt hat, war die Tatsache, dass diese beiden Typen gewusst haben, dass ich speziell unter seiner Führung tätig war. Zwar waren gewisse Unterlagen nicht geheim und ich war naiv, aber warum zum Teufel kamen die ausgerechnet auf mich?«

»Du bist immer noch naiv«, warf Toby ein.

»Vermute ich auch. Innerhalb weniger Tage nach der Unterredung hatte ich eine Zurückstellung vom Militärdienst, ein Ticket nach Salt Lake City und einen zweijährigen Forschungsurlaub von Stanford in der Tasche.«

»Wie hieß dieser Chemiker?«, wollte Toby wissen.

»Wesentlich interessanter ist doch die Frage, womit hat er sich beschäftigt, dass alle so brennend daran interessiert waren?«, fragte Esme.

Banerjhee erwiderte nichts.

Toby schnippte mit dem Fingern und zeigte auf Banerjhee. »Chemische Kriegsführung mit außergewöhnlichen Substanzen. Du hast Drogengas hergestellt. Drogengas fürs Schlachtfeld. LSD-Waffen. Oder Psilocybin? Vielleicht sogar Meskalin?«

»Hab ich das gesagt?«, fragte Banerjhee.

»Wirklich?«, fragte Esme entgeistert.

»Du wärst ein guter Detektiv«, sagte Banerjhee zu Toby.

»Nein, wäre ich nicht«, entgegnete Toby wie aus der Pistole geschossen. »Dazu bin ich viel zu gerne breit.«

»Ich wette, du wärst auch darin großartig«, sagte Esme voller Bewunderung.

Banerjhee trank seinen Martini bis auf einen kleinen Rest aus. »Das habt ihr alles nicht von mir erfahren.«

»Scheiße«, sagte Toby. »Was für Schwachköpfe. Man setzt Drogengas auf einem Schlachtfeld frei und schon dreht alles durch. Entweder schmeißen sie die Waffen hin oder erschießen sich und alle anderen. Was haben sich die Militärbonzen dabei gedacht? So etwas bekommt man doch nie unter Kontrolle.«

»Zu diesem Ergebnis kamen sie letzten Endes auch.« Banerjhee hielt seinen Martini mit beiden Händen und musterte ihn mit einem merkwürdigen Gesichtsausdruck. »Es bedurfte jedoch eines Zwischenfalls, um sie zu überzeugen.«

»Eines Zwischenfalls? Du meinst – wie bei den Schafen?«

»Ja«, sagte Banerjhee. »Nur dass niemand dabei starb.«

»Ich könnte wetten, dass es welche gab, die dachten, sie müssten sterben«, bemerkte Toby.

»Der gesamte Komplex wurde über eine Klimaanlage belüftet«, fuhr Banerjhee fort, »und er befand sich ausschließlich unter der Erde. Man gelangte nur über einen Weg hinein und hinaus, und zwar über eine lange, hell beleuchtete Rampe aus Beton. Das Sicherheitspersonal musste zuerst zwei gigantische elektronisch gesteuerte Stahltore am oberen Ende öffnen, bevor jemand Zutritt bekam oder den Komplex verlassen konnte. Die Tore waren explosionssicher und es dauerte um die fünfzehn Jahre, bis ich wieder ein Digitalschloss gesehen habe, das mit dem nur annähernd vergleichbar war.« Banerjhee starrte verlegen in seinen Martini. Seine Augen glänzten und ein flüchtiges Lächeln umspielte seine Lippen. »Eine Zeit lang konnte sich niemand an die Kombination erinnern.«

Toby und Esme tauschten überraschte Blicke aus.

»So was musste mal passieren«, sagte Banerjhee, »früher oder später.« Er nickte angesichts der Erinnerung. »Früher war besser.«

Nach einem längeren Schweigen blickte Esme von Banerjhee zu Toby und wieder zurück. »Das war es?«

»Bis heute habe ich das niemandem erzählt.« Banerjhee sah hoch und fügte leise hinzu: »Nicht mal Madja.« Er senkte den Kopf und starrte wieder in den Drink.

Nach vielleicht einer Minute düsteren Schweigens räusperte sich Toby und sagte: »Das ist die verrückteste Scheiße, die ich jemals gehört habe.«

Esme nickte, dann schüttelte sie wortlos den Kopf. Banerjhee trank aus, stellte das Glas zurück auf das Tablett und streifte die noch auf dem Zahnstocher verbliebene Olive mit den Zähnen ab. »Ich war heilfroh, wieder in Kalifornien zu sein«, sagte er kauend.

8

»Verdammtes Mistding!« Toby zerrte ohne weitere Erklärung an seinem rechten Cowboystiefel. »Bohrt sich jedes Mal in mein Fußgelenk.« Der Stiefel löste sich mit einem Ruck vom Fuß und ein Derringer fiel mit einem dumpfen Laut auf den Teppich.

»Ist das eine Pistole?«, fragte Banerjhee mit schleppender Stimme.

»Na klar«, sagte Toby, während er seinen entblößten Knöchel untersuchte. »Das ist ein Derringer. Schatz, ich brauch ’nen Verband.«

»Im Badezimmer.«

Toby verschwand humpelnd in der Dunkelheit hinter dem Stereoregal.

»Ein zweiläufiger Derringer«, stellte Banerjhee fest und vermied es, die Waffe zu berühren.

»Blödes Ding«, sagte Esme.

»Sieht aus wie ein Zigarettenanzünder«, sagte Banerjhee und sah genauer hin.

»Der kann weit mehr als ein Zigarettenanzünder.« Toby war wieder zurück und blieb vor dem rechten Fernseher stehen, um eine Packung Pflaster aufzureißen.

»Du solltest Socken tragen«, schlug Esme vor.

»Zu eng.« Toby stellte seinen Fuß auf den Fernseher und brachte das Pflaster an der Außenseite seines Unterschenkels an, direkt über dem Knöchel.

Banerjhee deutete auf den Stiefel am Boden. »Warum war er … da drinnen?«

Toby stellte seinen Fuß wieder auf den Boden und bewegte die Hände auf und ab, als wolle er die Umrisse seines nackten Oberkörpers nachzeichnen. »Wo zum Teufel soll ich ihn sonst aufbewahren?«

»In deinem Arsch«, schlug Esme vergnügt vor und gestikulierte mit ihrem Martini. »Gleich neben deinem Hirn.«

Banerjhee kicherte.

»Er muss da stecken, wo – abgesehen von dir – jemand schnell rankommt«, antwortete Toby. »Ich zum Beispiel. Und wenn es so weit ist, wirst du froh sein.«

»Toby«, Esme setzte sich jetzt in Szene, »du bist wahrhaftig ein ganzer Kerl! Ein hundertprozentiger dumpfbackiger Vertreter der Gattung Homo sapiens.«

»Wufff.«

»Guter Hund.« Beide kicherten. Doch es war ein anderes Kichern als Banerjhees: weniger nervös.

Banerjhee zeigte auf die Pistole. »Darf ich …?«

»Nur zu«, sagte Toby, hob die winzige Waffe auf und ließ sie einfach in Banerjhees Schoß fallen. »Sieh sie dir an. Ein Original. Sorgt für Gesprächsstoff.« Er zwinkerte.

»Wie Esme.«

»Eines schönen Tages«, versicherte ihm Esme, »quatsche ich dir ein Loch in den Bauch.«

»Vorsicht«, warnte Toby und bedeckte die Pistole mit der Hand. »Sie ist geladen.«

»Und am nächsten Tag«, fuhr Esme fort, »bläst dir dieses Spielzeug den Fuß weg.«

»Sie ist kein Spielzeug und ich vertrau auf sie«, stellte Toby klar. »Aber wenn wir nicht bald Sex haben, wird das hier ein richtig hässliches Gezänk.«

»Wenn du irgendwas bei mir erreichen willst«, konterte Esme und reckte die Nase in die Luft, »muss das Anliegen sprachlich angemessen verpackt vorgetragen werden.«

»Ähm.« Toby schien irritiert. »Bitte?«

»Nein.«

»Bitte, bitte?«

»Nix da.«

»Wie wär's mit: Gib's mir, du –«

»Ist sie wirklich geladen?«, unterbrach Banerjhee den Dialog. Er hatte die Pistole bisher nicht angerührt.

Toby nahm die Waffe an sich, kippte den Lauf ab und drehte sie über der Hand eines erschrockenen Banerjhees um. »Jetzt nicht mehr.« Er ließ den Lauf wieder einrasten und lachte.

Die Messingkapseln der Anzündhütchen hatten den Durchmesser eines Zehncentstückes und waren mit der bogenförmigen Prägung .357 MAG. versehen.

Toby hielt die Pistole am Lauf und drehte sie. »Siehst du den Griff? Was meinst du? Hat ungefähr die Größe und die Form einer herausgelösten Auster? Oder?«

Tatsächlich war der Perlmuttgriff sehr klein, leicht gebogen, schlank und nicht mehr als fünf Zentimeter lang, sehr glatt. Um den Abzug herum gab es keinen Bügel, was möglicherweise die Erklärung für die Reizung an Tobys Knöchel war.

»Ist sie aus Chrom?«

»Edelstahl.«

»Es sind zwei Läufe, aber nur ein Abzug«, bemerkte Banerjhee.

»Der Schlagbolzen funktioniert stufenweise«, erklärte Toby. »Das merkst du, wenn du ihn durchziehst. Nimm sie mal.«

Mit einigem Zögern umfasste Banerjhee den schmalen Pistolengriff. Neben dem Finger für den Abzug hatte er nur Platz für den Daumen auf der einen Seite des Griffes und für zwei Finger auf der anderen.

»Diese beiden Finger liegen so dicht an der Kammer, dass man sich Verbrennungen einhandelt«, erläuterte Toby. »Jetzt drück ab.« Banerjhee betätigte den Abzug und seine Finger rutschten vom Griff ab. »Hast du's gemerkt?« Banerjhee versuchte es noch einmal. Toby lachte. »Ganz klar eine Waffe für kurze Distanzen.« Er nahm

Banerjhee die beiden Patronen und die Pistole wieder ab, lud sie und klappte den Doppellauf zu. »Was aber nicht schlecht ist, denn wenn du sie nicht gegen das Ziel drückst ...« Er stieß Banerjhee den kurzen Doppellauf in die Rippen und grinste.

»Toby«, protestierte Esme, »du bist blöd!«

Tobys Gesicht war keine fünfundzwanzig Zentimeter von Banerjhee entfernt und die Vorhut seiner Bierfahne nahm ihn in Beschlag. »Dieser kleine Griff ist so kurz und das hier«, er bohrte den Doppellauf in Banerjhees Hemd, »ist Kanone pur – und wenn du abdrückst? Bummm!«

Banerjhee zuckte zusammen. Toby Pride lachte. »Dann hast du auf der einen Seite ein großes Loch und auf der anderen fehlt dir die Pistole. Man kann sie nicht festhalten.« Pride lachte noch lauter und warf die Hände in die Luft. »Das Mistding verschwindet einfach!«

Banerjhee blinzelte und nickte, als sei er in jedem Punkt mit Toby einer Meinung.

Links von Banerjhee saß Esme, kerzengerade, mit übereinandergeschlagenen Beinen, als verfolge sie eine Unterhaltung auf einer Cocktailparty. »Und was war, als Toby herausfinden wollte, wie man mit dem Ding umgeht? Er hat lediglich herausgefunden, dass man nur einen Schuss hat. Einen Schuss. Danach muss man sich auf die Suche nach dem kleinen Stinker machen.«

»Als ich das erste Mal damit geschossen habe, war ich nicht konzentriert genug«, räumte Toby ein. »Lag wahrscheinlich am Tequila.«

»Oder am Bier«, warf Esme ein.

»Oder am Oxycodon. Egal.«

Esme sah Banerjhee mit einem Gesichtsausdruck an, als wolle sie sagen: Ist der Junge nicht unglaublich? Ist er nicht süß?

»Ich hab den Zaun getroffen, auf den ich gezielt habe«, fuhr Toby fort, »ein gutes Ziel, denn er war nur drei Meter entfernt. Doch anschließend haben wir eine Stunde damit zugebracht, auf der Suche nach der Scheißwaffe das gesamte Gestrüpp rings um die Stelle zu durchkämmen, wo ich abgedrückt habe.«

»Eigentlich schießt sie ziemlich genau.« Esme linste an ihrem gekrümmten Zeigefinger vorbei. »Doch sollte jemand dabei sein, muss man auf jeden Fall dafür sorgen, dass er hinter einem steht. Denn wenn das Ding losgeht – Puff!« Esme fuchtelte mit den Händen in der Luft und lachte. »Keine Chance, das Ding festzuhalten! Einem Unbeteiligten könnte es den Schädel spalten.«

»Wir haben die Suche schließlich ausgeweitet und die Waffe in zwei Meter Höhe in einer Bärentraube gefunden, hing in einer Astgabel.«

»Es sah aus, als hätte jemand sie absichtlich dorthin verfrachtet«, sagte Esme.

Toby setzte sich neben Banerjhee und zog seinen Cowboystiefel wieder an. »Es ist schon ziemlich lästig, aber man findet kaum eine derart kleine Waffe mit dieser K.o.-Power. Apropos Punch«, Toby nickte bedächtig, »sie kann jeden jederzeit ausknocken.« Vorsichtig schob er die Pistole in den Schaft des Stiefels.

»Das hört sich so an, als könnte sie den Schützen gleich mit ausknocken«, sagte Banerjhee.

»Nur wenn er es fertigbringt, sie festzuhalten«, stellte Toby fest, woraufhin Esme und er erneut in Gelächter ausbrachen.

»Irgendwie hat sie was von einem Scherzartikel«, bemerkte Esme.

»Besser als nichts«, sagte Toby und setzte die Flasche an die Lippen. Dann stand er auf und fuhr mit der grünen Flasche seine Umrisse entlang, als sei sie ein Metalldetektor. »Und nichts ist auch, was ich gerade anhabe.«

Banerjhee hakte nicht nach, warum Toby sich nichts anzog, schließlich war er, Toby, hier zu Hause.

»Was meinen Sie, Mr. Banerjhee«, Esme veränderte ihre Sitzposition, bis sie im Schneidersitz saß, »keine schlechte Figur für einen Jungen, der sich nur von Pizza und Bier ernährt, oder?«

»Screeenova!«, kreischte die verfremdete Stimme aus dem linken Fernseher. »E-Mails an die Regierung.«

»Hey«, sagte Toby. »Das tägliche Feature.«

Die Stimme klang wie die eines Ghuls aus einem billigen Horrorstreifen. Das elektronische Gerät, das diesen Effekt erzeugt, gibt es vermutlich in jedem besseren Gitarrengeschäft, dachte sich Banerjhee.

»An den Präsidenten der Vereinigten Staaten«, verkündete die Stimme. »Sowohl Ihre Innen- als auch Ihre Außenpolitik sind stete Tropfen Wasser in das Gesicht des staatlichen Gemeinwesens.«

»Das muss ich erst mal sacken lassen«, sagte Esme.

»Ich auch«, sagte Banerjhee.

»Pscht!«, forderte Toby sie zum Schweigen auf.

Skroiuuunt – »Warum hat es hierzulande keine Debatte gegeben, dass sich der Euro zur neuen Leitwährung der OPEC entwickelt und dem US-Dollar so die Vormachtstellung streitig macht? Liebe Zuhörer, Menschen der sogenannten freien Welt, stellen Sie Ihrem Kongressabgeordneten diese Frage via E-Mail. Schicken Sie Ihrem Präsidenten eine E-Mail an www Punkt whitehouse Punkt gov und fordern Sie eine Erklärung. Schicken Sie Gott eine E-Mail, der bereits verschiedene Möglichkeiten in Erwägung zieht, seinem schrecklichen Zorn Ausdruck zu verleihen.«

»Er scheint keinen besonderen Akzent zu haben«, stellte Esme fest.

»Er scheint in eine gewisse Richtung zu tendieren«, gab Banerjhee zu bedenken.

»In der Tat«, stimmte sie zu.

»Er klingt wie eine Zeichentrickfigur am Samstagmorgen«, sagte Toby.

Jetzt flogen Kampfjets ins Bild, aus Sicht der Kamera waren sie von hinten gekommen und verschwanden unterhalb des Bildrandes in der Ferne. Was folgte, waren Explosionen. Der Bildrand vibrierte. »In Hebron bombardierten heute israelische Militärflugzeuge

Stellungen palästinensischer Terroristen«, verkündete die normale Stimme eines Nachrichtensprechers.

»Wisst ihr«, sagte die verfremdete Stimme, »von Zeit zu Zeit – hin und wieder – sollten sie die Adjektive vertauschen.«

»Wie jetzt?«, fragte Banerjhee.

»Israelische Terror-Jets«, antwortete die Stimme, »beschießen Stellungen des palästinensischen Militärs. *Skroieuuuinch!*«

»Er hat Sie gehört«, sagte Esme wenig überzeugt.

Tobys Mobiltelefon intonierte *God Bless America.* »Was gibt's?«

Banerjhee zuckte die Achseln. »Bei manchen trifft er damit einen Nerv, da bin ich mir sicher, aber nicht bei allen.«

»Was Sie nicht sagen!«, erwiderte Esme mit leichtem Tadel in der Stimme. »Haben Sie noch nie einen arabischen Fernsehsender gesehen?«

»Noch nie«, sagte Banerjhee.

»Aber diesen Scheiß sehen Sie ja auch nicht«, sagte Esme und kam Banerjhee zuvor.

»Stimmt.«

»Das gleicht es wieder aus, denke ich.«

»Irgendwie schon«, pflichtete ihr Banerjhee mit einem Seufzen bei.

Auf dem Bildschirm schrien jetzt Hunderte, wenn nicht sogar Tausende und schwenkten Spruchbänder. Die verfremdete Stimme schlug erneut an: »Tausende von Jahren, warum sollten sie jetzt aufhören? Liefert ihnen einen Grund! Liefert ihnen einen Grund! Liefert ihnen einen Grund!«

Völlig unvermittelt zeigte das Fernsehbild drei nackte Männer beim Sex mit einer nackten Frau. Einen Augenblick später sagte Banerjhee: »Das sieht wie ein Motelzimmer aus.«

»Wenn – was in regelmäßigen Abständen passiert – die israelische Armee das palästinensische Fernsehen besetzt«, krähte die Stimme, »senden sie das hier für das Volk. Rund um die Uhr. Diesen Dreck!«

»Machen diese Leute so etwas bei sich zu Hause, was meinen Sie?«, fragte Banerjhee träge.

»Ich glaube, dass Motelzimmer sie anturnen«, erwiderte Esme, »und sie brauchen hinterher nicht sauber zu machen.«

In einem langsamen Kameraschwenk wurden Bilder eingeblendet von nackten Kindern mit aufgedunsenen Bäuchen, die mit großen Augen in die Kamera starrten, ihre Beine rachitisch gekrümmt, Aufnahmen, die den Vierer im Motel wie Geisterbilder begleiteten. Die entfremdete Stimme meldete sich zurück: »Rund um den Globus verhungern Kinder. Rund um den Globus tötet AIDS jedes Jahr Millionen. Rund um den Globus schmuggelt eine Handvoll Profiteure Waffen in Gegenden mit blutigen Unruhen. Internationale Hilfsgüter werden gestohlen und gegen Waffen getauscht. Waffen mit nahezu unglaublicher Feuerkraft fallen in die Hände von – *skrak!*«

Stimme und Bilder erloschen. Im Anschluss an kurzzeitiges Schneeflimmern und Rauschen setzte der Ton des Pornofilms – Stöhnen und Keuchen im kontinuierlichen Takt eines Synthesizers – wieder ein. Kurz darauf wurde der Bildschirm von menschlichen Genitalien geflutet.

»Toby«, sagte Esme, »mit dem Wirrkopf muss was passiert sein.«

Toby schälte sich aus der Dunkelheit des hinteren Teils des Wohnzimmers, wohin er sich zurückgezogen hatte, um zu telefonieren. Das Telefon zwischen Schulter und Ohr geklemmt, heftete er den Blick auf den rechten Bildschirm, beugte sich hinab, um einen Knopf zu drücken, woraufhin der Apparat automatisch eine Handvoll voreingestellter Sender abrief. Fernsehmoderator folgte auf Fernsehmoderator; sie alle sahen nicht nur gleich aus, sie machten mehr oder weniger auch das Gleiche. Der eine berichtete über den Absturz einer Passagiermaschine in Namibia, der andere über das Wetter. Ein Dritter befasste sich mit dem unglücklichen Ausgang eines Football-Spiels, ein Vierter zitierte aus einer Erklärung des Vizepräsidenten.

»Das sind die lokalen Nachrichtensendungen«, klärte Esme Banerjhee auf. »Läuft der Rekorder?«

Toby warf einen flüchtigen Blick auf den Videorekorder am Fuße des Stereoregals und grunzte. Dann sagte er völlig unvermittelt ins Telefon: »Hör zu, Carlos, ich hab dir gesagt, es geht momentan nicht. Draußen läuft ’n ziemlich merkwürdiger Film ab, wir sollten nicht mal drüber reden.« Er hörte einen Moment zu. »Natürlich ist der Anruf verschlüsselt«, sagte er ungeduldig.

»Aber –«, er lauschte wieder, »– aber du verstehst nicht, hier draußen geht die Post ab, irgendein Hohlkopf manipuliert die TV-Signale. Du solltest mal den Truck sehen, mit dem die FCC oder wer auch immer durch die Straßen patrouilliert. Es sieht aus wie in *Krieg der Welten.* Was? Ach so … *La Guerra de los Mundos.*« Er schüttelte den Kopf. »Vergiss es. Der Punkt ist, wer weiß schon, wie viele Streifen sie –«

Toby vollführte eine Drehung auf den Absätzen seiner Cowboystiefel und fing Esmes Blick auf. Er gestikulierte mit der freien Hand, als wolle er sagen: Was soll ich machen? Dann verzog er sich wieder in die Dunkelheit hinter dem Stereoregal.

»Typisch Toby«, sagte Esme voller Bewunderung. »Er könnte einem Groupie den Backstage-Pass abquatschen.«

»Warum sollte er das tun?«, wollte Banerjhee wissen.

Esme lachte. »Das Einzige, was mich echt nervt an ihm, ist seine Raucherei. Ansonsten ist er ein Prachtkerl.«

»Er sollte damit aufhören«, pflichtete Banerjhee ihr bei und fügte oberlehrerhaft hinzu: »So gut wie sechzig Prozent aller Krebsarten sind mehr oder weniger auf das Rauchen zurückzuführen.«

»Das habe ich ihm auch gesagt. Seine flapsige Antwort darauf war, dass irgendwas schneller ist und ihn umbringt.«

Toby tauchte wieder aus der Dunkelheit auf. Er tat so, als wolle er das Telefon mit aller Kraft auf den rechten Fernseher werfen, bremste die Bewegung jedoch im letzten Moment ab und tauschte es behutsam gegen die Fernbedienung ein.

»Arschloch?«, fragte Esme und kam Toby zuvor.

»Arschloch«, bestätigte er. »Sie haben den Stoff, für den wir lediglich die Hälfte angezahlt haben – worauf sie sich normalerweise nie einlassen würden. Die andere Hälfte hätten wir bereits vorgestern abdrücken müssen. Jetzt sind sie nervös.«

»Hast du ihnen vom Lotto erzählt?«, fragte Esme.

»Nein«, erwiderte Toby verärgert, »ich habe den beschissenen Kolumbianern nichts von dem beschissenen Lotto erzählt. Sie stehen nicht auf irrelevante Informationen.«

»Auch bekannt als Ausreden.«

»Genau.« Er deutete mit seinem Zauberstab – andere bezeichneten ihn als Fernbedienung – auf den linken Bildschirm. »Der Humvee kümmert sie einen Dreck.«

»Und jetzt?«

Toby spitzte die Lippen und betrachtete den bescheidenen Stapel Geldscheine auf dem Beistelltisch. »Es war wohl ein Fehler, Chase die Überga –«

»Wie auch immer«, schnitt Esme ihm das Wort ab, »fünfundvierzigtausend Dollar sind etwas dürftig.« Toby hob eine Augenbraue.

»Wo steckt Chase?«

Toby schüttelte den Kopf. »L.A. Er musste zu einer Anhörung.«

»Ich habe gedacht –«, Esme hielt inne. Nach gut einer halben Minute sagte sie: »Ich glaube, wir sollten uns besser anziehen.«

»Hör mal, BJ, Alter«, sagte Toby abwesend, offensichtlich nicht in der Lage, einen anderen Gedankengang abzuschließen, »ich denke, es ist besser, wenn du jetzt nach Hause gehst.«

Verwirrt ließ Banerjhee seinen Blick zwischen Esme und Toby hin- und herwandern. »Wie bitte?«

»Es war mir wirklich eine Freude, Mr. Banerjhee«, sagte Esme. Sie manövrierte ihre Füße vom Kissen des Sessels hinunter auf den Boden und stellte ihren halb vollen Martini auf dem Beistelltisch ab.

»Oh. Ich … natürlich«, stammelte Banerjhee, machte jedoch keinerlei Anstalten, sich zu erheben. »Ich … es war sehr nett«, fuhr er ohne rechte Überzeugung fort.

»Ich danke Ihnen vielmals … für Ihre Gastfreundschaft.« Sein Blick fiel auf die Gläser. »Wenn Sie Hilfe beim Abwasch benötigen –«

Esme lächelte ihn nachsichtig an. »Nicht nötig, Mr. Banerjhee«, sagte sie. »Ich denke, für einen Abend haben Sie genug geleistet, haben die Wogen zwischen uns geglättet und so weiter. Sie waren wirklich eine Hilfe. Es war sehr nett, dass Sie sich die Zeit genommen haben.«

»Oh«, sagte Banerjhee pikiert, »das hätte jeder andere auch getan.«

»Das bezweifle ich, Mr. Banerjhee«, erwiderte Esme, während Banerjhee mit der weichen Polsterung des Sofas zu kämpfen hatte. »Ich bezweifle das sogar sehr.« Sie streckte ihre Hand aus. »Darf ich Ihnen helfen?«

Ziemlich perplex ob des unerwarteten Entzugs der Gastfreundschaft durch seine Nachbarn, sah sich Banerjhee zudem der schier bodenlosen Polsterung und dem gefräßigen Kordsamt der flachen Couch hilflos ausgeliefert, ganz zu schweigen von der Wirkung zweier Martinis. Dankend lehnte er Esmes Angebot mit einer Handbewegung ab und erhob Einspruch: »Ich muss mich kurz sammeln. Normalerweise trinke ich nicht so viel. Außerdem, und das ist eine merkwürdige Feststellung, aber es stimmt, habe ich mich selten in dem Wohnzimmer anderer so wohlgefühlt.«

»Mmh«, erwiderte Toby kühl. »Jetzt komm in die Hufe.«

»Es ist sehr nett, dass Sie das sagen, Mr. Banerjhee.« Esme warf Toby einen vorwurfsvollen Blick zu, der daraufhin die Augen verdrehte. Dann zog sie Banerjhee von der Couch hoch. »Wir haben gewiss nicht alle Tage so nette Gesellschaft und werden auch so gut wie nie von Geschäften oder so weggerufen. Vielleicht besuchen Sie uns ein andermal.«

Endlich in der Vertikalen, sah Banerjhee auf die Uhr.

»Halb drei morgens«, sagte er überrascht. »Kein Wunder, dass ich müde bin.« Er blickte zu Toby, der offenkundig mit seinen Gedanken woanders war. Dann blickte er zu Esme, deren Lächeln angestrengt wirkte. »Wissen Sie noch, wo Sie mein Jackett hingelegt haben?«

Aus Richtung des Garagentors hörte man ein lautes Krachen, ein weiteres folgte, dann splitterte Holz und Glas zerbrach.

»Mist«, hauchte Esme. »Das ging rasch.«

Tobys linker Arm landete blitzschnell in Banerjhees Kniekehlen, mit der rechten Hand drückte er Banerjhee an der Schulter hinunter, sodass der sich plötzlich auf der Couch wiederfand. Die Lippen dicht an Banerjhees Ohr, flüsterte Toby: »Behalt deinen Kopf unten, BJ.«, und kippte die Couch um.

Mit Getöse fielen die leeren Pizzakartons in der Küche auf den Boden und ein Lichtstrahl schwenkte durchs Wohnzimmer.

»Keine Bewegung!«, rief ein Mann.

Eine zweite männliche Stimme fügte mit ausgeprägt spanischem Akzent hinzu: »Keiner rührt sich, keiner spricht.«

9

Keine Bewegung setzt den falschen Akzent, schoss es Banerjhee durch den Kopf, und falsch gesetzte Akzente führen zu Verharmlosungen. Er lag auf dem Fußboden, im Schutze der Sitzfläche der umgekippten Couch, und er bemerkte, dass die Glastür, die neben ihm in die Höhe ragte, die Szenerie im Wohnzimmer widerspiegelte. Zwei Männer waren in den Raum eingedrungen. Ein dritter stand im Türrahmen. Alle waren bewaffnet, alle trugen schwarze Sturmhauben.

»Aufstehen, Lady«, sagte der Mann mit dem spanischen Akzent.

»Wow«, sagte der zweite, der hinter ihm stand und völlig vergaß, die Waffe auf Esme zu richten. »Nett.«

»Halt's Maul«, bellte der erste Mann. »Du mit dem kleinen Schwanz.« Er richtete die äußerst ungemütlich wirkende Maschinenpistole mit Bananenclip an die Decke; den Zeigefinger längs der Sicherung, deutete er mit dem Zeigefinger der anderen Hand auf die Geldscheine. »Ein guter Anfang. Wo ist der Rest gebunkert?«

Toby zwinkerte ihm zu, sah dann den zweiten Mann an und spreizte langsam die Finger. »Filz mich, Alter. Ich hab gerade selber danach gesucht. Wie du siehst, unter der Couch ist es nicht, aber hey …«

Toby hob die Hände und drehte sich langsam um, bis er dem Mann mit der Waffe vollständig den Rücken zugewandt hatte. »Warum durchsuchst du nicht meine lohnendste Körperöffnung?«, schlug er versöhnlich vor. Er beugte sich nach vorn und furzte laut.

Die Augen des Mannes schienen vor Wut buchstäblich aus den Löchern der Sturmhaube springen zu wollen und nährten den Eindruck, sie seien imstande, dem gefügigen Finger am Abzug zu befehlen, Tobys lohnendste Körperöffnung mit Blei zu füllen.

»Hier«, fügte Toby hinzu, »gestatte mir, dir behilflich zu sein.« Mit der linken Hand spreizte er die linke Arschbacke ab, verlagerte dabei das Gewicht auf das linke Bein und schob gleichzeitig die rechte Hand in den Schaft seines rechten Cowboystiefels. Die Hand im Stiefel, riss er das Bein hoch in die Luft, drehte sich und schrie: »Arschloch!«, als er nahezu simultan den Derringer abfeuerte.

Begleitet von einem Sprühregen aus Rauch, Knochen, Fleisch und zerfetztem Leder, schickte die Explosion nicht nur den Absatz und den Großteil des roten Stiefelschaftes auf die Reise, sondern auch etliches von Tobys Spann. Tobys Kehle entrang sich ein Schrei des Schmerzes und ungläubigen Erstaunens – »Selbst JETZT fliegt mir das Scheißding aus der Hand!« –, dann kippte er vornüber aufs Gesicht. Dennoch hatte das acht Gramm schwere .357er Magnum-Geschoss den ersten Mann direkt in den Kehlkopf getroffen, mit einer Wucht, die ihn nach hinten warf, direkt in die Arme seines Kumpanen.

Der fing ihn auf, nutzte ihn ungerührt als eine Art Schutzschild und versah Tobys Rücken gelassen mit einer blutigen Steppnaht, einer Diagonalen, ausgehend von der rechten Hüfte bis hinauf zum linken Schulterblatt, als Esme ihn zweimal im linken Ohr traf – zwei Schüsse aus einer Browning-Automatik, Kaliber .25, die sie, als sie gehört hatte, wie die Küchentür zersplitterte, sofort unter dem Kissen des Rattansessels hervorgezogen hatte.

Der dritte Mann sorgte mit einem kurzen Feuerstoß aus seiner Waffe für einen kompakten Kreis oberhalb von Esmes linker Brust. Fünf oder sechs kupferumhüllte .225-Geschosse fraßen sich durch Esme und hinterließen Löcher in der Rigipswand hinter ihr. Sie brach zu Füßen des Schützen zusammen, dennoch schickte er eine zweite Salve hinterher. Und womöglich hätte er ihr den Gnadenschuss ins Ohr verabreicht, wäre er nicht von dem zweiten Schuss aus dem Derringer wie ein nasser Sack zu Boden gezwungen worden, abgegeben aus knapp zwei Metern Entfernung über dem waagerecht in die Höhe ragenden Boden der Couch, und zwar von Banerjhee.

Rauchschwaden durchzogen die nur von den Fernsehgeräten beleuchtete Atmosphäre im Wohnzimmer des kalifornischen Fünfzigerjahre-Bungalows, während draußen die unbarmherzige Stille der Vorstadt ihr Lätzchen zurechtzupfte, um ihr Mahl der Ruhe und Beschaulichkeit fortzusetzen.

Nur sehr zögerlich linste Banerjhee über den Rand der Couch, hinter der er nach Betätigung des Abzugs in Deckung gegangen war. Der Derringer hatte sich verabschiedet und in seiner Hand pochte es, als hätte er sich die Hand in einer Autotür geklemmt, doch irgendwie nahm er das kaum wahr.

Sssssskkkkkkkrrrrrr … ertönte es aus dem linken Fernsehgerät. »E-Mails an die Regierung.«

Alle waren tot. *Sssswwwwoooii.* Fast alle.

Banerjhee kroch zum linken Ende des Sofas. Bei dem Versuch, im Dämmerlicht einen Puls zu ertasten, verirrte sich sein Finger in ein Einschussloch in Esmes Kehle. Das Mädchen musste sofort tot gewesen sein, ganz sicher.

Ssquuoii, sagte das Fernsehgerät. *Flibberty-gibbit.*

Im Rückwärtsgang kroch er an das andere Ende des Sofas, dann nach vorn, auf den linken Fernseher zu. Auf dem Weg dorthin glitt er mit der Handwurzel seiner blutverschmierten linken Hand über einen Haufen leerer Patronenhülsen; der Arm rutschte unter ihm weg und Banerjhee schlug mit dem Kinn gegen eine Kante des Beistelltisches. Er setzte sich auf und rieb sich das Kinn. Auf dem Beistelltisch war alles nahezu unangetastet geblieben. Das Tablett mit dem Geld, der Kokainstaub auf dem Schminkspiegel, zwei leere Martini-Gläser, ein Glas und zwei Bierflaschen, alles wirkte so neutral wie eine Requisite aus einem anderen Melodram.

Zum Schutz vor der Grelle der pornografischen Szenen schirmte er seine Augen mit der Hand ab, fand die Lautstärkeregler beider Apparate und schaltete den Ton aus. Die Bilder ließ er laufen, da er Licht brauchte.

Ein Flüstern, selbst in der Stille kaum vernehmlich, so fragil, dass es fast anormal klang, schien wie ein weit entfernter Laut auf der leichtesten aller Brisen herübergetragen zu werden.

»BJ …«

Hätte Kali, die schwarze Göttin der Zerstörung, ihn gerufen, Banerjhee hätte nicht erschrockener sein können. Doch er war überzeugt, die Stimme war real und sie hatte sich erhoben, umgehört zu werden, und er hatte sie gehört. Eingedenk der absoluten Ruhe, die nun eingekehrt war, ging es Banerjhee durch den Kopf, dass *Keine Bewegung* vielleicht doch keinen so falschen Akzent gesetzt hatte.

Kali jedenfalls hätte ihn mit seinem richtigen Namen gerufen? Oder?

»Toby?«

In dem schummrigen Licht konnte er Tobys linke Hand ausmachen, der einzige Teil des Körpers, der, wenn man so wollte, nicht blutverschmiert war. Sie lag mit dem Handrücken auf dem Boden. Als Banerjhee darauf starrte, schlossen sich die Finger.

»Toby!« Beim zweiten Fernsehapparat verharrte er nur so lange, bis er ihn weiter nach hinten geschoben hatte, dann kroch er zu Toby. Er zögerte, als er bei ihm war. Durfte man einen soeben Niedergeschossenen überhaupt behelligen? Er machte kehrt und griff nach Tobys patriotischem Mobiltelefon auf dem rechten Fernseher, atmete tief durch und zwang sich zum Nachdenken. »Ich muss anrufen. Neun. Eins. Eins. Genau. Neun … eins und die Eins«, stammelte er vor sich hin. Er musste die Zahlenfolge laut aussprechen, um ganz sicher zu sein. Nie zuvor in seinem Leben hatte er diese Rufnummer gewählt. Als er das Telefon aufklappte, leuchtete das Display. Ihm fiel ein, dass jemand mal gesagt hatte, man werde mit jedem x-beliebigen Polizeirevier an der Westküste verbunden, sofern man den 911-Notruf von einem Mobiltelefon aus anwähle. Habe mit der Lage der Sendemasten oder Satellitentriangulation zu tun oder mit fortschreitender Technologie. Nun, zunächst einmal musste es reichen …

»BJ«, flüsterte Toby in den Teppich hinein.

Banerjhee ließ das Telefon fallen und kroch schnell zurück zu Toby. Er hielt es für unklug, doch nach einem Moment der Unentschlossenheit drehte er Toby so behutsam wie möglich auf den Rücken. Überall war derart viel Blut – es gab ein Geräusch, als hebe er eine Sperrholzplatte aus einem Wattenmeer.

Aus Tobys Gesicht war alle Farbe gewichen; die Palette der flackernden Bildschirme lieh ihm die verschiedensten Schattierungen, allesamt gespenstisch. Doch Toby lächelte schwach. »Du hast es geschafft, Alter.«

Banerjhee legte zwei Finger auf Tobys Halsschlagader, direkt unterhalb des Kiefers. Es war kaum etwas zu ertasten. Ein Rätsel war ihm das nicht: Ein Großteil von Tobys Blut befand sich auf dem Boden.

»Ist zwecklos«, flüsterte Toby. »Esme?«

Banerjhee blickt in ihre Richtung, sagte aber nichts.

»Scheiße«, hauchte Toby. »Ich muss …« Er schloss die Augen.

Nach einer ganzen Weile sagte Banerjhee: »Ich sollte …«

Pride zupfte schwach an Banerjhees Fingern. Diese Geste konnte man als ein Nein lesen. Warte, sagte sie, gerade erst wurde meine Freundin in meinem Wohnzimmer erschossen. Gib mir etwas Zeit.

Nach einer für ihn nicht überschaubaren Zeitspanne unternahm Banerjhee einen erneuten Versuch. »Es muss sein«, erklärte er und blickte sich im Zimmer um. »Wir müssen die Polizei verständigen.« Er sah Toby wieder an. »Warum streite ich mich überhaupt mit dir?«

»Keine Ahnung, Alter.« Tobys Augen waren geschlossen, doch die Andeutung eines Lächelns spielte um seinen Mund. »Du kannst dich nicht mit einem Toten streiten.«

Banerjhee meinte, ohnmächtig zu werden.

»Diese Arschlöcher«, Toby öffnete die Augen, »waren nicht die Arschlöcher, die wir erwartet haben.« Er spuckte Blut, das jetzt in seinen Mundwinkeln hing. »Falsche Arschlöcher.«

Banerjhee schüttelte hilflos den Kopf. »Gibt es auch richtige?«

»Scheißkolumbianer«, lautete die Antwort. »Nebenbei ... keine Bange, unsere Kolumbianer werden garantiert gleich auftauchen. Die haben sicher wegen Munition und Aufputschmitteln irgendwo angehalten.«

»Aber ... wer ...?«

»Wahrscheinlich jemand, der dachte, er hat leichtes Spiel mit uns, könnte uns um unsern Vorrat oder unsere Kohle oder beides erleichtern.« Er rang nach Luft. »Spielt sowieso keine Rolle mehr, wenn ich erst mal in der Hölle bin. Hoffe ich jedenfalls.«

Oh nein, Banerjhee verkniff sich seinen Widerspruch, du kommst geradewegs in den Himmel, Toby. Vereint mit Esme, für alle Ewigkeit. Sanft drückte er Tobys Hand.

Toby gab einen merkwürdigen Laut von sich, eine Mischung aus Stöhnen und einem verhaltenen Schrei der Verbitterung, und unter äußerster Anstrengung flüsterte er: »Hey.«

»Ja?«

»Weißt du, wozu sie einen im Fegefeuer als Erstes zwingen?«

»Nein, Toby, weiß ich nicht.«

»Sie zwingen einen, Windows 98 zu lernen.« Er atmete scharf ein. »Von A bis Z.«

»Was?«, Banerjhee verstand nicht. »Warum?«

»Weil es das Ticket in die Hölle ist.« Toby machte keuchende Geräusche, die – wie Banerjhee mutmaßte – Tobys neue Art des Lachens waren.

Banerjhee unterdrückte einen Seufzer. »Das passiert, wenn du nicht wiedergeboren wirst. Wenn du nicht in den Himmel kommst, wenn ...«

»Wenn's überhaupt irgendwas gibt«, sagte Toby. »Scheiß drauf. Ich hatte meinen Spaß.« Aus irgendeinem Grund geriet Tobys Fazit gleichermaßen heiter und traurig. Nachdem sein neues Lachen verklungen war, fragte er die Zimmerdecke: »Wer hat die zweite .357er abgefeuert?«

»Das hast du gehört?«

»Machst du Witze?«

»Ich war's.«

»Hä?« Zum ersten Mal wandte Toby den Blick von der Decke hin zu Banerjhee. »Du?«

»Er hat auf Esme geschossen.«

»Du –?« Toby atmete laut aus und kniff die Augen zu.

»Er hat auf Esme geschossen«, insistierte Banerjhee.

»Du …« Toby zwang sich zu regelmäßigen, kurzen Atemzügen. Schließlich sagte er: »Er ist zurückgekommen.«

»Der – wo?«

Toby blinzelte nach links und Banerjhee folgte dem Blinzeln mit seinen Augen. Links auf dem Boden, ungefähr dreißig Zentimeter neben dem Rahmen der Glasschiebetür, schimmerten der kleine Edelstahlrahmen und das Perlmutt des zierlichen Griffes. Der Derringer stand auf dem Doppellauf gegen die Fußleiste gelehnt, direkt neben einer Wandsteckdose. Vermutlich war das der einzige Platz im gesamten Zimmer, den Toby hatte einsehen können, nachdem er zu Boden gegangen war.

»Schieß ihn ausschließlich drinnen ab, BJ«, sagte Toby.

»So findest du ihn garantiert wieder.«

Toby quälte sich mit seinem Lachen. Banerjhee, der zum ersten Mal in seinem Leben eine Waffe abgefeuert hatte und nicht beabsichtigte, jemals wieder eine abzufeuern, sah keinen Anlass zur Heiterkeit.

Tobys Lachen verebbte. »Was hat sich abgespielt?« Banerjhee erzählte es ihm.

Nach einer Pause am Ende der Geschichte sagte Toby:

»Ich habe keinen dritten Mann gesehen.« Banerjhee erwiderte nichts darauf.

»Zwei hätten wir geschafft.« Mit schwächerer Stimme fügte er hinzu: »Esme war ein toller Partner.«

»Wie lange seid ihr … Partner gewesen?«

Toby kniff wieder die Augen zusammen. »Drei, nein, vier Jahre. Sie war der gute Cop.« Toby lächelte schwach.

»Aber das war dir vermutlich längst klar.«

»Wie bitte? … Polizeibeamte!?«

Es schien, als wäre Banerjhees tiefe Bestürzung eine Aufforderung an Toby, sich totzulachen.

»Meine Marke trage ich im Arsch«, feixte er. »Gleich neben meinem Hirn …«

»Polizeibeamte …? Aber … aber das ist nicht komisch, Toby. Was habt ihr hier gemacht? Tür an Tür mit mir? Mit uns? Am Arsch der Welt? Am Arsch…«, wiederholte Banerjhee dumpf, »der Welt.«

»Uns mit An- und Verkauf die Nahrungskette hochgearbeitet, natürlich. Wir waren hinter ein paar Kolumbianern her. Das haben wir drauf. Wir hatten … es drauf.« Tobys Miene wurde ernst. »Hey, BJ.«

»Ja, Toby?«, antwortete Banerjhee matt, als drifte er von einem Traum in den nächsten.

»Sie sind hierher unterwegs, verstehst du? Die Kolumbianer. Hör zu. Ab einem bestimmten Punkt kann ich nicht mehr sprechen. Dann ist die Stimme weg. Hör genau zu. Ich werde blinzeln. Äh, einmal bedeutet ja. Okay? Zweimal heißt nein. Wie im Fernsehen. Du siehst nicht fern, also vertrau mir. Die machen das ständig so. Es funktioniert immer, BJ. Du musst hier verschwinden. Unpünktlichkeit ist nicht ihr Stil. Und Nachsicht mit Leuten genauso wenig, nicht mal wenn sie pünktlich sind. Warte …«

Tobys Flüstern war kaum noch zu verstehen. »Der Krankenwagen wäre inzwischen längst hier«, machte Banerjhee seinem Unmut Luft.

»Jeder normale Sanitäter würde nur an mir rummurksen und dafür sorgen, dass ich richtig leide, bevor ich auschecke. Hast du mal gesehen, wie sie Leute auf die Trage schmeißen, wenn sie Schiss haben? Das ist unschön. Wenn nicht wenigstens ein Veteran dabei ist, wissen die überhaupt nicht, wie sie mit so einer Sauerei umgehen sollen. Hier gibt es sowieso nichts mehr zu tun. Ich bin erledigt … Ich quassel zu viel«, fügte er sichtlich verärgert und mit Nachdruck hinzu. »Wir müssen uns auf dich konzentrieren.« Tobys Brust hob sich und seine Finger krampften sich mit erstaunlicher Kraft um Banerjhees.

»BJ!«

»Ich bin hier.«

»Sei nicht hier!«

Mit einem besorgten Blick erfasste Banerjhee den Rest des Zimmers. »Aber wenn das nicht deine Kolumbianer sind, wer …«

»Ich habe keine Ahnung. Ich wüsste es gern. Vielleicht könnte ich mein Wissen beim Teufel gegen ein Glas Eiswasser eintauschen. Jetzt schaff deinen Arsch hier raus.«

Banerjhee musterte das Zimmer.

»Na gut«, krächzte Toby. »Sieh nach, was du bei ihnen finden kannst.«

»Nachsehen, was ich finden …?«

»Hängst du hier rum, nur um zu erleben, wie ich krepiere? Hau ab oder durchsuch ihre Taschen!«, forderte Toby Banerjhee unerwartet energisch auf. »Wie sieht's aus?«

Mehrere Sekunden lang saß Banerjhee auf dem Boden neben Toby, hielt seine Hand und blinzelte hektisch. Dann kroch er zu der ersten Leiche hinter den Fernsehgeräten, drehte sie um und zog ihr die Sturmhaube vom Kopf.

Er war viel älter, als Banerjhee vermutet hatte, fünfzig, vielleicht fünfundfünfzig. Das Haar war ziemlich kurz geschnitten und vollkommen weiß. Die Kugel des Derringers hatte die Kehle am Kehlkopf durchschlagen und fast die untere Halswirbelsäule durchtrennt. Der Kopf hing wie an einem Seil und löste sich beinahe zusammen mit der Sturmhaube, so ziemlich das Schockierendste, dem Banerjhee bislang beigewohnt hatte.

Der Tote trug eine offene Splitterschutzweste. Vermutlich hatte er nicht damit gerechnet, auf derartige Hürden zu stoßen. In der blutdurchtränkten Brusttasche des Jeanshemds darunter fand Banerjhee eine schmale Brieftasche.

In der Brieftasche fand er eine Marke.

Er hockte sich hin und betrachtete den zweiten Mann, den, den Esme erschossen hatte. Hinter ihm sah er die Füße des dritten Mannes, den er, Banerjhee, durch einen Schuss niedergestreckt hatte. Die Taschenlampe der drei strahlte geradewegs zur Decke. Rauch und Staubpartikel schwebten durch den Lichtkegel.

Die Marke war an einer Lederklappe der Brieftasche befestigt. Unter der Klappe befand sich ein Ausweis.

Er kroch schnell hinüber zu Toby. »Ich glaube fast, ich wünschte, diese Männer wären deine Kolumbianer gewesen.« Er hielt Toby die Marke vor das Gesicht, richtete sie dabei nach dem Schein der Fernseher aus. »Was hat das zu bedeuten?«

Toby blinzelte. Licht, das von der Marke reflektiert wurde, tanzte als heller Punkt über sein Gesicht.

»Leck mich am Arsch!«, sagte er schließlich. »Passt die Visage zum Foto?«

»Ja.«

Toby kam sichtlich in Rage. »Scheiße, warum haben die sich nicht ausgewiesen? Warum?« Blut aus seinem Mund landete auf der Marke. »Diese dämlichen Bundesbullen!«

Banerjhee kniff die Augen zusammen, als strahle die Marke zu stark, um sie genau erkennen zu können.

»Bundespolizei?«, fragte er beinahe einfältig.

»Kannst du nicht lesen? *United States Federal Marshal.*« Toby gelang es, noch mehr Blut auf die Lederklappe zu spucken und Banerjhee zuckte zusammen. »Siehst du's? Steht Wort für Wort auf der Marke!«

Banerjhee hielt die Marke ins Licht, um besser lesen zu können. »Stimmt.« Er ließ die Brieftasche sinken und ging in die Hocke. »Stimmt.«

Tobys Gesicht, ohne jeden Zweifel inzwischen unempfänglich für jegliches Gefühl, formte sich zu einer perfekten Maske der Frustration, versehen mit einem Hauch Belustigung. »Diese gottverdammte Federal Communications Commission hat diese Typen hergeschickt. Diese saublöden Bundesbullen. Die waren hinter dem Wirrkopf mit seinem Piratensender her. Sie haben gedacht, Esme und ich stecken dahinter!«

Banerjhee wollte das nicht glauben. »Der Wirrkopf? Sie schicken drei Bundesagenten mit Maschinenpistolen los, um einen 10-Watt-TV-Sender dichtzumachen?«

»Immer auf Nummer sicher gehen«, sagte Toby zynisch. »Der Piratensender …« Sein Lachen kostete ihn sichtlich Kraft. »Das ist große Scheiße. Esme und ich haben gedacht, du bist der Wirrkopf. Diese Überwachungsfahrten der FCC haben unsere Drogendeals gefährdet und deshalb wollten wir den Bundesbullen behilflich sein. Sie auf dich aufmerksam machen. Ihr habt uns im Weg gestanden, du und die FCC. Nicht genug, dass sich herausgestellt hat, du bist es nicht, haben sich diese Arschlöcher auch noch eingebildet, wir wären es. Esme und ich. Oh, Scheiße, BJ«, krächzte Toby, »mein ganzes Leben bin ich Cop gewesen, ich war bei der Army. Ich hab 'nen Haufen Mist gesehen, aber das hier … Scheiße…«

»Nein«, sagte Banerjhee nach einigem Nachdenken.

»Die sind gekommen, um euch zu berauben.«

Toby dachte darüber nach. »Okay«, sagte er am Ende, »das ist Jacke wie Hose. Esme und du und ich, jeder von uns hat einen Bundesmarshall in Stücke geschossen.«

Banerjhee hatte diese Gleichung längst aufgestellt.

»Esme und ich sind raus. Aber, BJ, du … wenn dich die Kolumbianer nicht zuerst erwischen …«

»Werde ich mich nie und nimmer herausreden können«, schlussfolgerte Banerjhee düster. »Nicht wahr?«

Toby unternahm eine gewaltige Anstrengung. »Sie werden's nicht zulassen. Bundesbullen können sich so eine Scheiße nicht leisten. Sie werden dafür sorgen, dass der Rest deines Lebens und dein ganzes Geld für deine Verteidigung draufgehen. Die müssen ihren Arsch retten. Sie machen die Scheiße, die sie gebaut haben, zu deiner, und sie werden alles dafür tun, dass du drin stecken bleibst. Glaub mir.«

Banerjhee starrte nur auf das angerichtete Blutbad.

»BJ?«

»Ich höre zu«, sagte Banerjhee leise.

»Scheiße«, hustete Toby, »es wird ein Jahr dauern, bis du einen Anwalt zu Gesicht bekommst. Zwei Jahre. So arbeiten diese Mistkerle heutzutage. Sie haben völlig freie Hand. Und hier haben sie's versaut. Betrachte das als fundierte Meinung. Vertrau mir. Ich bin ... ich war ... ein verdammter ... ein Cop ...«

Zusammen mit dem p in Cop spuckte Toby das letzte Blut aus, doch beharrlich bewegte er die Lippen, um Banerjhee weiterhin zureden zu können. »Eigentlich solltest du einen draufmachen, BJ. Das ist kein Scherz. Esme und ich haben dein Leben ruiniert. Verstehst du das?«

»Nein«, sagte Banerjhee schlicht. »Aber ich verstehe deinen Standpunkt.«

»Wo ist deine bessere Hälfte?«

»Madja?« Madja. Wie lange hatte er nicht mehr an Madja gedacht? Eine Stunde? Zwei Stunden? »Chicago«, sagte er, als würde er es selbst nicht glauben.

Toby war erleichtert. »Kannst du sie erreichen? Ohne dabei eine Spur zu hinterlassen, meine ich?«

Banerjhee überlegte. »Wäre möglich«, meinte er dann.

»Gut. Sag ihr, sie soll sich einen Anwalt nehmen und es aussitzen. Vielleicht wird sie nicht mit hineingezogen, vielleicht gelingt es ihnen nicht, sie auch noch fertig zu machen. Sag ihr, sie soll jemand Erfahrenen anheuern, jemanden mit Hass auf die Regierung. Ist zu ihrem eigenen Besten. Sag ihr ...« Toby hielt inne, er bewegte die Lippen wie ein Fisch auf dem Trockenen. »Sie muss dich abschreiben.«

Banerjhee nahm das Glas mit dem Bier vom Beistelltisch, tauchte zwei Finger hinein und fuhr anschließend über Tobys Lippen. Nachdem er es zwei- oder dreimal wiederholt hatte, konnte Toby wieder vernehmlich flüstern. »Sag ihr … uns, ich meine Esme und mir, sag ihr, es tut uns so leid.«

»Es ist nicht eure Schuld«, sagte Banerjhee. »Das war Zufall. Einfach nur ein Zufall. Fügung. Ein Fehler.« Er fragte sich, ob er sich da etwas vormache.

»Da fällt mir ein … nimm das Geld.«

»Nimm das … welches Geld?«

»Den Lottogewinn. Nimm ihn, BJ.«

Banerjhee warf einen Blick auf den Beistelltisch. »Aber es gehört dir«, stammelte er, bevor ihm bewusst wurde, was er da gesagt hatte.

»Ich brauch's nicht mehr.« Tobys amüsierter Gesichtsausdruck schien haften zu bleiben, ungewiss, wofür. Seine Lippen bewegten sich überhaupt nicht mehr. »Jetzt gehört's dir. Ich schenk's dir. Die Lotterie hat's mir geschenkt und ich schenke es dir. Ich habe gewonnen, jetzt bist du dran, aber wenn du deinen Arsch nicht in Bewegung setzt, werden ein paar Kolumbianer gewinnen. Keine Ahnung, was ihnen dazwischengekommen ist. Vielleicht haben sie die Schießerei gehört und sich verpisst. Gut möglich, dass sie nicht nur Munition und Uppers, sondern auch 'ne Pussy aufgetrieben haben. Normalerweise sind diese Wichser extrem pünktlich. Hau ab, BJ. Lass die Sau raus, bevor die Scheiße über dich hereinbricht. Nimm das Geld, nimm alles, was du willst. Da ist noch 'n bisschen Schnee in der Schublade.«

Banerjhee blickte zum Stereoregal. »Schnee?« Toby zwinkerte und sagte: »Kokain.«

Banerjhee zog die Brauen zusammen. »Wofür sollte ich Kokain brauchen?«

Toby zwinkerte wieder, dann verkrampften sich seine Gesichtszüge zu einem starren Ausdruck gequälter Konzentration. »Alles hier ist konfisziert«, flüsterte er hastig, »von Drogendealern oder

Einbrechern. Was ist mit dem BMW? Nimm den BMW. Der wurde bei einem Drogendealer beschlagnahmt. Großartige Arbeit. Der Schlüssel hängt in der Küche am Haken. Du wirst ihn lieben, BJ, eine echte Rakete. Zeig's den Bullen. Lass es krachen. Sieh zu, dass du in einem Feuerball aufgehst, oder du verrottest bis ans Ende deiner Tage in einem Hochsicherheitstrakt, nur mit einem kleinen Schwarz-Weiß-Fernseher und nix da mit Habeas Corpus.«

»Du erwartest von mir, dass ich dich einfach den Kolumbianern überlasse?«, hielt Banerjhee ihm entgegen.

»Mein Zug ist im Bahnhof angekommen, BJ«, versicherte Toby. »Mir kann keiner mehr was.«

»Toby.« Wieder tauchte Banerjhee seine Fingerspitzen in das Bier und benetzte ängstlich Tobys Lippen. Aber hinter den zusammengebissenen Zähnen war die Zungenspitze längst angeschwollen und die Lippen blieben reglos.

»Toby?«, flüsterte Banerjhee so leise, dass er die eigene Stimme kaum hören konnte. »Toby, bist du tot?«

Toby blinzelte einmal.

10

Hier einige Dinge, die Banerjhee auf seiner Fahrt durch die Nacht beschäftigten.

Ein Pulsar mit einem Durchmesser von gut zehn Kilometern treibt den gesamten Krebsnebel an – man könnte auch sagen, er lasse ihn leuchten, sodass wir ihn auf der Erde aus einer Entfernung von sechstausendfünfhundert Lichtjahren staunend bewundern können.

Der Krebsnebel misst in der Breite zehn Lichtjahre. Wie die meisten wissen, stehen zehn Lichtjahre für die Distanz, die ein Lichtstrahl auf gerader Strecke in zehn Jahren zurücklegen kann. Ein Jahr ist in diesem Zusammenhang etwas, womit wir alle vertraut sind – die Zeit, die die Erde benötigt, um sich einmal um die Sonne zu drehen.

Das Licht reist mit beinahe dreihunderttausend Kilometern pro Sekunde. Sechzig Sekunden pro Minute mal sechzig Minuten pro Stunde mal vierundzwanzig Stunden pro Tag mal dreihundertfünfundsechzig Tage pro Jahr mal zehn Jahre …

Und während er das im Kopf ausrechnete, betrachtete Banerjhee den Film, der vor seiner Frontscheibe lief und des Nachts mitten in Nevada hauptsächlich viel Dunkelheit bot, dazu einige wenige Straßenschilder und ab und an ein weiteres Paar Scheinwerfer. Man musste aber auch auf Rotwild, Kühe, Pferde und anderen Viehbestand achtgeben.

Das Ergebnis, so verkündete sein Verstand am Ende, lautet: ungefähr einhundert Billionen Kilometer.

Nehmen wir mal an, der Krebsnebel wäre rund wie die Erde. Sein Durchmesser beträgt einhundert Billionen Kilometer. Dann hätte er einen Umfang von …

Die Armaturenbeleuchtung im BMW strahlte in einem unheimlichen Rotorange. Mars-Orange. Die Tachoanzeige erteilte ab zweihundertvierzig Kilometer die Stunde keine Auskunft mehr. Die Digitalanzeige des eingebauten GPS stellte sicher, dass das Fahrzeug sich nicht verirrte, solange er, wie Banerjhee vermutete, sich nicht zum gegenüberliegenden Breitengrad vorwagte, um einen intensiven Blick auf das Kreuz des Südens zu werfen. ...über dreihundert Billionen Kilometern. Als Umfang. Und ein zehn Kilometer breites Gebilde bringt das alles zum Leuchten. Interessant. Noch mal zurück. Oder nach vorn oder doch zurück, wenn dieser BMW in etwa Lichtgeschwindigkeit erreichte, dann würde es ...

Die Sitze waren aus schwarzem Leder. Aus Gründen der Luftverbesserung hing ein Stück Pappe in Form eines immergrünen Baumes am Rückspiegel. Abgesehen mal von Geschmacksfragen, wurde der Duft seiner Aufgabe nicht gerecht, den widerlichen Geruch von verbranntem Crack zu übertünchen, der sich im Innenraum ausgebreitet hatte. Wir sprechen von Crack-Kokain. Kohlenstoff 17, Wasserstoff 21, Stickstoffoxid 4. Auch so ein teuflisches Alkaloid, dabei nicht annähernd so... interessant, ja, das ist das passende Wort, nicht annähernd so interessant wie einige seiner Cousins. ... also, mit Lichtgeschwindigkeit würde es etwas weniger als dreißig Jahre dauern, den gesamten Nebel zu umfahren. Bemerkenswert in diesem Zusammenhang, dass Kapitän Joshua Slocum bei wesentlich gemächlicherer Fahrt in seiner eigenhändig generalüberholten Ketsch, der ›Spray‹, für seine Erdumsegelung nur ein Zehntel dieser Zeit benötigte. Auf Samoa machte Fanny Stevenson Kapitän Slocum das von ihrem verstorbenen Mann Robert Louis in Ehren gehaltene vierbändige Verzeichnis über Segelrouten im Mittelmeer zum Geschenk. Ob es eines Tages derartige Reisen zum Krebsnebel gäbe und einschlägige, mehrbändige Verzeichnisse über Reiserouten? Nein, erwiderte Arthur C. Clarke bekanntermaßen auf eine ähnliche Frage, jede Form von Lebewesen, wäre sie so fortgeschritten, um interstellare Reisen unternehmen zu können, würde sich zuvor selbst in die Luft sprengen.

Egal. Heute Nacht, mit einem ausgewogenen Verhältnis zwischen Physik und Phantasie, wird der intergalaktische BMW-Pilot die Fahrt durchführen. Nicht zu vergessen ... um den Krebsnebel überhaupt umrunden zu können, müsste unser mit Lichtgeschwindigkeit reisender Pilot zunächst die sechstausendfünfhundert Jahre aussitzen, die es dauert, um von der Erde zum Krebsnebel zu gelangen. Hat man erst einmal die kalifornische Grenze erreicht, kann man genauso gut weiterfahren. Bei dieser Geschwindigkeit würde die Zeit an Bord für ihn natürlich stillstehen. So viele Bücher, so wenig Zeit, pflegte Banerjhee sich zu sagen, wenn er an seine Bibliothek dachte. Würde der arbeitslose Reisende es schaffen, Feynmans sämtliche Publikationen zu lesen? Oder Proust? Thackeray? Trollope? Hatte die Bibliothek des Teufels noch etwas anderes aufzuweisen als Handbücher für Windows 98?

Er hatte sich entschieden, die fünfundvierzigtausend Dollar unter dem Ersatzreifen im Kofferraum zu verstecken. Nicht gerade originell, aber ihm war kein anderes Versteck eingefallen. Per Zufall entdeckte er unter dem Teppich des Kofferraums eine Art verschlossener Klappe im linken Radkasten. Sie ließ sich mit einem Schlüssel am Schlüsselbund des BMWs öffnen. Drinnen fand er eine 9mm Automatik, ein Schulterholster, einen Ersatzclip, eine halb volle Schachtel mit Patronen und eine rechteckige Lederklappe mit einer Gürtelschnalle auf der einen und Tobys Dienstmarke auf der anderen Seite. In einer Tasche unter der Dienstmarke befand sich Tobys Dienstausweis mit Foto. Tobys richtiger Name lautete Thomas Ford.

Banerjhee entschied sich, bei »Toby« zu bleiben, dem Namen, den er kannte.

Keine Hinweise auf Esmes Identität.

Nachvollziehbar, dachte sich Banerjhee, dass das Geheimfach unter diesem und nicht unter dem Kotflügel auf der anderen Seite eingerichtet wurde, wo sich Tankklappe und Einfüllstutzen befinden. Der Stutzen, der Klappe und Tank miteinander verbindet, beansprucht einen Großteil des unter dem Kotflügel zur Verfügung stehenden Platzes. Eine vernünftige Position. Optimale Raumnutzung. Er erinnerte sich, dass der Wagen bei einem Drogendealer sichergestellt worden war. So ergab alles einen Sinn.

Irgendwie.

Draußen huschte die Dunkelheit an ihm vorbei und er sah sich um, fragte sich, welche Geheimnisse das Fahrzeug noch in sich berge. Obwohl der Tempomat den Tacho bei hundertvierzig Kilometern pro Stunde festnagelte, war von dem Motor kaum etwas zu hören. Der Drehzahlmesser zeigte zweitausendsiebenhundertfünfzig Umdrehungen die Minute an. Der rote Bereich, der die oberen Drehzahlen des Motors abtastete, begann erst bei siebentausendsechshundert Umdrehungen. Besäße er Informationen über Reifengröße und Übersetzung des Achsgetriebes, könnte er die Höchstgeschwindigkeit des BMWs ausrechnen, abzüglich etwas Luftwiderstand und Reibung der Reifen – nun, fast jeder auf der Welt außer ihm hätte jetzt gesagt: Gib Gas, Junge, finde heraus, wie die Maschine arbeitet. Meine Güte, es ist Nacht und du bist mitten in Nevada. Seit einer Stunde ist dir kein Wagen mehr entgegengekommen.

Das Schöne an einem Sonnendach – man kann den Himmel sehen. Schade nur, dachte Banerjhee, dass das Ding nicht von allein fährt, obwohl das, so seine Vermutung, vielleicht der nächste Schritt sein könnte. Dem Wagen einfach sagen, wohin er fahren soll. Der Fahrer kann den Nachthimmel betrachten, während sein Fahrzeug sicher dem Ziel entgegensteuert. Heute Nacht hatte sich der Himmel über diesem Teil Nevadas zugezogen. Was für ein Pech.

Nachdem er ein Bad genommen und andere Kleidung angezogen hatte, war er für einen allerletzten Blick in seine Bibliothek gegangen, deren vier Wände vom Boden bis zur Decke von Regalen verdeckt waren. Buchreihe über Buchreihe füllte den Raum und schirmte ihn sowohl materiell als auch ideell von der Außenwelt ab. Über dem Doppelfenster, das auf den Garten hinausging, befand sich ein Regal mit Fachliteratur zum Thema Gartenbau. Ein weiterer Abschnitt, ungefähr einen halben Meter breit und zwei Meter fünfzig hoch, war der Astrophysik vorbehalten. Auf einem aufgepeppten Computer auf dem Schreibtisch lief *Mathematica* wie geschmiert und konnte im Handumdrehen ein schönes Drahtgittermodell von einem Torus oder die Pascal'sche Schnecke oder ein mehrdimensionales Diagramm auf den großen HD-Monitor zaubern. Nicht gerade handlich, aber wer geht schon irgendwohin? Banerjhee würde woandershin gehen. Er hatte weder Zeit noch Möglichkeit, besaß nicht einmal das Geschick, um alle Hinweise auf Sam in Chicago zu löschen. Nachdem er einen Moment überlegt hatte, ließ er ein altes DOS-Tool mit einem Befehl namens »Military Wipe« auf die Festplatte los.

Vielleicht konnte er wenigstens den Wälzer *Black Holes, White Dwarfs, and Neutron Stars* von Shapiro und Teukolsky mitnehmen. Die Erwerbslosigkeit hatte Banerjhee unzählige vergnügliche Stunden beschert, einzig damit er sie mit den über sechshundert Seiten dieses anspruchsvollen Textes verbringe. Der Einband zeigte ein mehrdimensionales Diagramm, eine rote Linie, die den Weg eines kompakten Himmelskörpers nachzeichnet – eines Asteroiden oder eines Planeten oder eines Sterns oder eines subatomaren Teilchens –, der sich in einer Spirale durch das gelbe Netz der Raumzeit bewegt und auf den trichterförmig gewölbten Eingang zur unendlichen Schwerkraft zusteuert. Raumzeit in einer Weise gekrümmt, dass man – so das Postulat – in der Lage sei, seinen eigenen Hinterkopf zu betrachten, sofern es einem unter diesen extremen Bedingungen gelänge, die Kohärenz von Bewusstsein und Körper aufrechtzuerhalten.

Könnte einer Paranoia Vorschub leisten, oder?

Aber Simon Mittons kleiner Klassiker *The Crab Nebula* würde ihm auch reichen. Und wenn es der Abhandlung auch fast in Gänze an Mathematischem mangelt, neben seinen zweifelsfrei vorhandenen Vorzügen – die Lesbarkeit ist einer – wartet Mittons Text mit vielen Illustrationen auf. Darunter drei Fotos von Petroglyphen amerikanischer Ureinwohner, die eine Erscheinung darstellen, die zeitgenössische chinesische Astrologen als »Gaststern« bezeichneten.

Genau wie die chinesischen Beobachtungen datieren diese Felsbilder aus dem 11. Jahrhundert. Das aus Banerjhees Sicht bedeutsamste dieser Felsbilder hatte man erst 1972 im Chaco Canyon, New Mexico, entdeckt. Nur um uns Nachgeborenen eine Einschätzung zu geben, bildete der Künstler oberhalb einer Mondsichel und eines merkwürdigen Sterns mit zehn Zacken eine menschliche Hand ab. Aufgrund von Berechnungen wissen wir, dass es zeitgleich mit der Supernova tatsächlich einen Mond im Viertel gab, möglicherweise am 4. Juli 1054, was durch die präzisen chinesischen Beobachtungen bestätigt wird. Kaum nachzuvollziehen an dieser Petroglyphe ist jedoch, dass der Mond und sein Gast die gleiche Größe haben wie die Hand. Banerjhee hatte schon oft seine Hand gen Himmel gehalten, nahe an jede Mondphase, und darüber sinniert. Probier es selbst. Die Hand muss auf Armlänge gehalten werden. Hockt dort der Sternengucker, der keinesfalls über die Tatsache jammert, dass in der Galaxis seit Erfindung des Teleskops keine Supernova mehr beobachtet wurde?

Aber Menschen auf der Flucht, so Banerjhees Vorstellung, dürften nur wenig Zeit zum Lesen haben. Daher fiel seine Wahl auf das Teleskop samt Stativ, einen gefütterten Parka und ein Paar warmer Handschuhe. In Nevada würde es ungemütlich kalt werden.

Sacramento war aufgetaucht und bereits wieder verschwunden, als er endlich dahinterkam, wie die Freisprechanlage zu handhaben war, deren Bedienelemente am Rand des Lenkrads saßen. Bestimmt konnten aus dem BMW getätigte Anrufe zurückverfolgt werden. Aber das war nicht zu ändern. Er beherzigte Tobys Rat und unternahm keinen Versuch, Sam in Chicago anzurufen. Stattdessen hinterließ er eine Nachricht auf Madjas passwortgeschützter Mailbox im Büro, die sie spätestens am Montag abfragen würde. Er war auf der Hut und erwähnte weder Sam noch Chicago, noch von wo aus er anrief.

»Madja. Hier ist dein Mann. Ich …« In seiner Kehle formte sich ein Knoten und er hätte die Verbindung beinahe unterbrochen, um sich erst einmal zu beruhigen. Doch stattdessen platzte es aus ihm heraus: »Ich liebe dich. Speicher diese Nachricht. Es könnte sein, dass dies die einzige Aufnahme dieser Version der folgenden Geschichte bleibt. Hör genau zu.« Emotionslos skizzierte er die Ereignisse des Abends. Für seinen Bericht waren insgesamt drei Anrufe auf Madjas Nebenstelle erforderlich, da der Host-Rechner pro Anruf nur fünf Minuten zur Verfügung stellte. Gegen Ende des letzten Anrufs sagte er: »Ich halte Toby Prides Einschätzung meiner Lage für absolut zutreffend. Ich weiß, diese Auffassung wird deinen Sinn für Gerechtigkeit beleidigen. Andererseits haben wir ein wunderbares Leben gehabt. Das können nicht viele Menschen von sich behaupten. Viele Jahre oder, Gott bewahre, ein Leben lang in einer Gefängniszelle – wobei die Dauer Nebensache ist –, fern von dir, fern meiner Bücher, meines Gartens … Unterm Strich, per Saldo, verheißt mir das eine ausgedehnte Phase ohne Lebensqualität, schlicht ein Dahinvegetieren, eine Stasis, überwacht und aufgezwungen von Bürokraten. Diese Art Fegefeuer würdest du nicht für mich vorsehen wollen. Derer sind nur wenige, für die wir dergleichen erflehten.«

Banerjhee blinzelte.

»Ich rufe dich wieder an.«

Er unterbrach die Verbindung.

Eine halbe Stunde fuhr er einfach nur vor sich hin. Er durchfuhr Aurora, eine ehemalige Gold- und Silberminenstadt am Rande der Ausläufer der Sierra Nevada. Am westlichen Stadtrand, direkt neben dem Freeway, kniete ein überlebensgroßer Goldwäscher aus Bronze über seiner Pfanne. Am östlichen Stadtrand krönte das Zifferblatt einer großen Uhr das Tor am Eingang des städtischen Friedhofs. Da er sich penibel an die Geschwindigkeitsbeschränkung hielt, konnte Banerjhee diese zwei Schreckgespenster des Schicksals gut erkennen.

Gleich hinter Aurora, dort, wo der Freeway allmählich der sanften westwärts gelegenen Steigung zum Donner-Pass folgt, stellte Banerjhee zum allerletzten Mal die Verbindung zu Madjas Nebenstelle her.

»So, mein Vögelchen, denk nur ja nicht, dass mich meine trüben Zukunftsaussichten aus dem Gleichgewicht bringen. Es ist eine wunderbare Nacht und ich sehe völlig klar. Nicht eine Wolke am Himmel. Ich bin auf dem Weg zu den Sternen. Monate oder Jahre in einem Gefängnis zuzubringen, das klingt nicht verlockend, genauso wenig wie gesundheitliche Beeinträchtigungen durch permanente Angst und Sorge. Ich habe bereits zu viele Jahre im Banne von Wänden und Sicherheitsüberprüfungen, von klimatisierter Luft und unzähligen Reihen von Leuchtstoffröhren zugebracht, vom Lärm ganz zu schweigen. Eine Seifenoper? Wohl kaum. Zufall oder Schicksal haben mich zu dir geführt und Zufall oder Schicksal haben uns getrennt, obwohl … früher oder später hätten wir uns dem sowieso stellen müssen. Jetzt wissen wir, dass es früher passiert. Die meisten wissen es nicht vorher. Ich kann wenigstens noch Lebewohl sagen.« Nachdenklich fügte er hinzu: »Aber wer hätte jemals gedacht, dass Zufall oder Schicksal in einer Weise daherkommen, dass ich einen Bundesmarshall erschieße?« Er lachte und richtete sich im Sitz auf, um dem Mikrofon näher zu sein.

»Aus Versehen, falls irgendjemand zuhört!« Er lehnte sich wieder in den körpergerecht geformten Ledersitz zurück.

»Es kam mir beinahe so vor, als hätte ich mein ganzes Leben für diesen Moment trainiert.«

Der Voicemail-Computer unterbrach mit einem Signalton, um ihm zu sagen, dass er noch dreißig Sekunden habe, um die Nachricht zu beenden. Dann folgte ein Piepton. »Mir bleiben noch dreißig Sekunden. Ich werde wahrscheinlich nicht mehr anrufen, es sei denn, ich habe das Bedürfnis, dir zu sagen, dass ich dich liebe. Immer wieder. Denn ich liebe dich. Und Sam. Sam auch. Sonst war kaum etwas von Bedeutung. Leb wohl, Madja.«

Er musste sich zwingen, den Knopf am Rand des Lenkrads zu drücken, um die Verbindung zu beenden. Es fühlte sich an, als hätte ein ferngesteuertes Zusatzgerät weit außerhalb seiner Seele diese Aufgabe übernommen.

»Mein kleines Vögelchen«, sagte er zur Windschutzscheibe.

Eine Stunde später hatte er Donner Summit und somit den Kamm erreicht. Zweitausendzweihundert Meter oberhalb der San Francisco Bay und drei Stunden östlich davon – hier hatte er Halt machen und sein Teleskop aufstellen wollen, und sei es auch nur für eine halbe Stunde. Doch als er endlich da war, ging bereits die Sonne auf. Seine geliebten Himmelskörper waren ihm entrückt, unsichtbar durch das Licht der Morgendämmerung. Zu dumm. Er hatte in dieser einen Nacht genauso viele Höhenmeter zurückgelegt wie in der gesamten letzten Zeit. Madjas Job und seinem Sinn für Sparsamkeit war es geschuldet, dass Sternengucker-Reisen in höhere Lagen ins zweite Glied hatten zurücktreten müssen.

Die Straße war frei, aber eine dünne Decke aus frisch gefallenem Schnee reflektierte in ihrer Reinheit das Licht des Hochgebirges und in den Senken zwischen den dem Norden zugewandten Klippen aus kahlem Granit sah man vereinzelt größere Verwehungen genauso wie zu Füßen der dunklen Nadelbäume, die den Pass überragten. Für fünfzehn Minuten widmete er sich der Aussicht auf der Ostseite, genug für einen gedankenverlorenen Blick auf den Donner-See. Die Faszination dessen, was sich dort 1846 zugetragen hatte, nachdem ein Treck von Siedlern vom frühen Wintereinbruch überrascht worden war, verleitete dazu, die Fantasie spielen zu lassen.

Doch Banerjhee hatte nur Sinn für die letzten dreißig Sekunden auf der Mailbox.

Hinter Truckee fuhr er weiter nach Verdi – von den Einheimischen Verd-ei ausgesprochen –, das er als erste Raststätte an der Grenze zwischen Kalifornien und Nevada in Erinnerung hatte. Zu seinem Erstaunen stieß er hier auf ein offensichtlich florierendes Casino mit angeschlossenem Hotel direkt neben der Tankstelle. Wie viele Jahre war es her, dass er hier entlanggekommen war? Er hätte es nicht zu sagen vermocht. Er betankte den BMW und stellte ihn sicherheitshalber hinter dem Hotel ab, sodass er von der Interstate 80 aus nicht gesehen werden konnte. Er mietete ein Zimmer. Dafür musste er eine Kreditkarte benutzen, wohl wissend, dass ihm das auf einer längeren Flucht zum Verhängnis werden konnte, doch wie wahrscheinlich war das? Und was könnte er dagegen tun? Sich selbst neu erfinden? Als versierten Kriminellen?

Bevor er auf sein Zimmer ging, trank er ein Bier an der Bar des Casinos. Sein Platz am Ende der Bar entpuppte sich als Logenplatz mit freiem Blick auf den Roulettetisch. Er brauchte nicht lange, um zu erkennen, wie wenig das Spiel seinen Ansprüchen genügte; dennoch verfolgte er es eine Weile und fühlte sich schon bald vertraut mit den einfachen Regeln. Bei Einbruch der Dunkelheit würde er weiterfahren nach Reno. Hat man erst einmal die kalifornische Grenze erreicht …

Nach fast einer Stunde und insgesamt zwei Bieren fühlte er sich entspannt genug, um mit dem Fahrstuhl nach oben zu fahren und sich in seinem Zimmer dem längst fälligen Schlaf zu überantworten. Er träumte viel, wenn auch kompliziert und in Fragmenten; immer wieder drängten sich donnernde Diesel und Hupen dazwischen sowie das Krachen von zwei oder drei Dutzend Eiswürfeln, die in regelmäßigen Abständen aus einer Eismaschine in einen Plastikbecher fielen, die sich zusammen mit zwei Videopoker-Maschinen und einem Getränkeautomaten im Flur direkt gegenüber in einer eigens dafür vorgesehenen Nische befand.

Am späten Nachmittag zappte er sich durch alle Nachrichtenprogramme, die der Hotelfernseher hergab. Das Verhältnis von Pornografie, Musikvideo, Sitcom und altem Western zu reinen Nachrichtenprogrammen entsprach dem des Durchmessers des Krebsnebels zu seinem Pulsar. Doch welche Nachrichten er auch finden konnte, keine Silbe über die Ermordung von fünf Polizisten in Kalifornien, kein Massaker in Walnut Creek. Vielleicht hat man das Ganze noch nicht entdeckt. Unwahrscheinlich. Oder die Behörden haben sich absolute Geheimhaltung verordnet. Komm schon, schalt er sich, als er auf dem Bettrand saß, die Fernbedienung im Schoß. Zumindest die drei Bundespolizisten mussten doch mit irgendeiner Dienststelle in Verbindung gestanden haben, oder? Das ist doch deren Arbeitsweise … Polizist niedergeschossen und so weiter.

Nun ja, mutmaßte er, wenn sie auf eigene Rechnung dort gewesen sind, wohl eher nicht.

Er musste daran denken, wie er den BMW rückwärts aus Tobys Einfahrt gelenkt hatte. Nur gut, dass Toby ihm den Wagen zur Verfügung gestellt hatte, denn die Bundespolizisten hatten seine, Banerjhees, Einfahrt mit einem schwarzen Ford Excursion blockiert und den blauen Peugeot somit manövrierunfähig gemacht. Banerjhee hatte noch eine Weile am Ende von Prides Einfahrt gestanden, lange genug, um seine Grübelei einzustellen, woher der BMW gewusst hatte, dass es dunkel war und er die Scheinwerfer anstellen musste, lange genug, um weitere fünf Minuten darauf zu verwenden, dahinterzukommen, wie der CD-Player abgeschaltet werden konnte, der, während Banerjhee zurücksetzte, sich urplötzlich entschieden hatte, ihn mit Musik zu beschallen, die ihm zu wenig sagte, um sie als Gangsta-Rap identifizieren zu können. Toby musste die CD-Sammlung des Drogendealers einbehalten haben. Eine sehr gute Tarnung, dachte er, gut und anstrengend. Es vermittelte ihm auch einen flüchtigen Eindruck, wie schizophren das Leben der beiden Drogenermittler gewesen sein musste. Wie weit musste jemand gehen, um einerseits dem Bild vom drogenbenebelten Entrepreneur zu entsprechen und andererseits der zu bleiben, der irgendwann die Falle zuschnappen lässt? Es schien ein Abgrund zu sein, der imstande war, alle Energie zu verschlingen, deren er habhaft werden konnte.

Während er diesen Gedanken nachhing, den BMW im Leerlauf, tauchte keine siebzig Meter von ihm entfernt ein schwarzer Humvee in der dunklen Straße auf. Wäre es ein Tarnkappenbomber gewesen, Banerjhee hätte nicht erschrockener sein können. Instinktiv nahm er den Fuß vom Bremspedal und ließ den BMW sachte vorwärts rollen. Er musste mit den rechten Reifen den Bordstein erklimmen, um sich an dem wuchtigen Aufklärungsfahrzeug der Kabelfirma vorbeiquetschen zu können.

Der motorisierte Koloss kroch bleiern vorbei und beeindruckte mit seinen Ausmaßen. Wie die Scheiben des BMWs waren auch seine schwarz getönt. Der Humvee ragte derart in die Höhe, dass Banerjhee im Vorbeifahren lediglich eine Reihe Nieten unterhalb des Seitenfensters erkennen konnte, die sich mit dem Dach des BMWs nahezu auf gleicher Höhe befanden. Als er an ihm vorbei war, sah er sowohl im Rück- als auch im Seitenspiegel verschiedene Antennen auf dem Dach des Humvees, dazu eine Schüssel an einem Teleskopmast, der zu diesem Zeitpunkt nicht ausgefahren und mit einer Kabelspule versehen war.

Banerjhee steuerte den BMW um die nächste Ecke und machte sich auf den Weg nach Nevada.

Er hatte an der Bar des Casinos ein Steak, Salat und drei Tassen Kaffee zu sich genommen und aufs Neue das statistisch Zwangsläufige am Roulettetisch verfolgt.

Auf dem Parkplatz stieß er auf schmutzige Schneehaufen mit kreuz und quer verlaufenden Reifenspuren. Eine Kaltwetterfront hatte einen tief hängenden Himmel mitgebracht und in der Luft hing der Geruch nach Eiseskälte.

Er nahm seinen Parka aus dem Kofferraum. Als er die Klappe schließen wollte, rastete sie nicht ein. Er versuchte es noch einmal, diesmal mit etwas mehr Schwung. Beim dritten Versuch ließ sich die Kofferraumklappe schließen, gleichzeitig fiel etwas auf den feuchten Asphalt. Er hob es auf. Es war eine kleine Scheibe, in etwa so groß wie ein Vierteldollar und ungefähr einen Zentimeter dick, die an einem zehn Zentimeter langen Stück Isolierdraht baumelte und der auf einer Seite ein Klecks Silikon anhaftete, womit das Teil besser an der Innenseite der Stoßstange hatte befestigt werden können und den – daran bestand kein Zweifel – die Kälte in den Bergen genug ausgehärtet hatte, um ihn seinen Zweck verfehlen zu lassen. Banerjhee hatte noch nie einen gesehen, einen dieser kleinen Sender, eine solche Wanze.

Er zog den Reißverschluss seines Parkas hoch und ließ naheliegenden Überlegungen freien Lauf. Mit Sicherheit will die Polizei ihre Undercoveragenten im Auge behalten. Oder die Kolumbianer wollten sie im Auge behalten. Vorstellbar auch, dass die Wanze von einer früheren Überwachung stammt und vergessen wurde. Vielleicht hat der Wirrkopf mit dem Piratensender Toby und Esme durchschaut und das Teil platziert, um ihnen auf den Fersen zu bleiben. Doch Letzteres schien ihm fern der Realität zu sein.

Banerjhee drehte eine Runde auf dem Parkplatz des Casinos. Etwa einhundert Meter weiter rollte Verkehr aller Art das Gefälle in Richtung Nevada hinunter oder arbeitete sich hoch in Richtung Kalifornien. Autos, Wohnmobile, Sattelschlepper fuhren auf die Tankstelle neben dem Casino oder verließen sie wieder; Schneematsch troff von ihren Reifen. An den Steilhängen oberhalb von Verdi hatte es zu schneien begonnen. Bei stärker werdendem Sturm würden die Behörden die Interstate 80 zwischen den Ausfahrten schließen, die beiderseits der Berge der Schneegrenze am nächsten waren.

Banerjhee spielte mit dem Sender wie mit einem Rosenkranz. Man könnte ihn leicht funktionsuntüchtig machen, überlegte er. Aber wozu sollte das gut sein? Wer auch immer den BMW verfolgte, er konnte daraus schließen, dass die Wanze entdeckt worden war. Er fragte sich, welche Reichweite sie wohl habe.

Als Alternative böte sich an, das Ding unter der Stoßstange eines Fahrzeugs anzubringen, das nach Westen fuhr. Besser noch unter der eines nach Osten fahrenden Autos. Doch diese Idee gefiel ihm nicht. Er war bereits mit hineingezogen worden in eine Verwechslung. Und einmal war genug.

Auf seiner zweiten Runde über den Parkplatz warf er die Wanze in den mittleren von drei Müllcontainern, da dieser bereits voll war. Vielleicht holte ein LKW ihn morgen ab und verfrachtete das Ding nach Idaho.

Nur um sicherzugehen, würde Banerjhee Reno heute Nacht links liegen lassen und weiter gen Süden fahren. Hat man erst einmal die kalifornische Grenze erreicht, kann man genauso gut weiterfahren …

11

Er stellte den BMW in einer ruhigen Seitenstraße ab und machte sich auf den Weg zum Strip.

Die Lichter waren überwältigend und omnipräsent, und das Letzte, von dem man annehmen könnte, dass es einen hier erwarte, war ein Nachthimmel voller Sterne, bereit für eine Betrachtung. Denn das wussten die Lichtquellen ringsum zu verhindern. Wollte man in Nevada den Nachthimmel beobachten, war Las Vegas der letzte Ort für ein derartiges Unterfangen. Banerjhee war nicht der Erste, der sich die Frage stellte, woher all die Energie komme. Hier gab es so viel davon, dass sein Orientierungssinn ins Straucheln geriet. Banerjhee wollte alles richtig machen, doch da er so gut wie nichts wusste über Las Vegas, hatte er Sorge, etwas Unvorhergesehenes könnte sich ihm in den Weg stellen; eine Sorge, letztendlich genährt durch den jüngsten Präzedenzfall.

Und so ging er als Erstes eine Weile spazieren. Mit seiner etwas korpulenten Gestalt war er nur einer von vielen und passte so ins Bild. Auch andere Touristen, Menschen jeglicher Hautfarbe und Herkunft, machten einen verwirrten, verlorenen Eindruck, zahlenmäßig waren es genug, sodass Banerjhee kein Problem hatte, sich darunterzumischen. Etliche schienen wie auf Drogen schlafzuwandeln. Die auffälligsten Vertreter dieser Horde betätigten mechanisch die Hebel der einarmigen Banditen, wieder und wieder, regelrecht aufgepeitscht durch Drinks, Zigaretten und Schalen voller Silbermünzen.

Ein für Banerjhee interessanter Aspekt an diesen Spielern war, dass sie trinken konnten, so viel sie wollten, rauchen, so viel sie wollten, und essen, so viel sie wollten, denn gleichgültig, was sie ihrem Körper oder ihrem Verstand auch antaten, ihr Glück im

Spiel war durch ein der Maschine innewohnendes Schema vorgegeben. Das Schema war simpel: Der größte Teil des Geldes verbleibt beim Haus. Wer auch immer zu einem dieser statistisch seltenen Zeitpunkte am Automaten sitzt, wird eine bestimmte Summe gewinnen, sagen wir 1 von X. Okay, sagen wir 2 von X. Warum nicht? X ist wirklich eine große Zahl.

Der Umfang dieses Geschäftsbereiches verblüffte Banerjhee. Um es mit einfachen Worten auszudrücken: In Las Vegas gibt es eine Menge einarmiger Banditen.

Die Hebelzieher selbst betrachten sich als Spieler, was natürlich über die Natur der Interaktion mit dem Spiel ihrer Wahl hinwegtäuscht, denn mit Ausnahme der Betätigung des Hebels findet keine Interaktion statt. Schon bald ertappte sich Banerjhee dabei, wie er über das Potenzial einer die Variablen vertauschenden Frage nachdachte, die auch Alan Turing womöglich umgetrieben hätte: Angenommen, der einarmige Bandit wäre eine Person, wäre er dann in der Lage zu erkennen, dass der Spieler keine Maschine ist?

Die ganze Strecke von Fallon nach Las Vegas, gut dreihundertzwanzig Kilometer, war es zu bewölkt gewesen, um das Teleskop aufzustellen. Das hatte Banerjhee ein wenig frustriert, obwohl er es gelassen hingenommen hatte. Schließlich hätte er in den vergangenen zwanzig Jahren jederzeit nach Nevada kommen können, um einen Blick durch das Teleskop zu werfen. Er hatte es aus den verschiedensten Gründen nicht getan. Die Sentenz, der zufolge Leben etwas sei, was einem widerfahre, während man andere Pläne schmiede, fiel ihm ein. Galt das auch für den Tod? Hm! Hatte Feynman das gesagt? Er bezweifelte es. Dafür war es irgendwie nicht witzig genug. Banerjhee bezweifelte auch, dass es genau das war, was ihm widerfahren war. Er hatte die Frau geheiratet, die er liebte. Dann bekamen sie einen Sohn. Dann wurde der Sohn größer und entwickelte sich gut. All das hatten sie mehr oder weniger geplant. Dann machte sich das Herzgeräusch bemerkbar. Dann stürzte er die Karriereleiter hinunter, oder passender formuliert, man hatte ihn hinuntergestoßen. Dann wurde klar, dass es heute Nacht sein musste.

Nicht geplant. Überhaupt nicht geplant.

Er zog *The Crown* in die engere Wahl, einen Laden mit bescheidenem Ambiente, einen sogenannten Sawdust Joint, der nicht am Strip lag. Doch es schien ein großer, florierender Betrieb zu sein. Es gab nur eine Eingangstür, selbstverständlich keine Fenster, einige Restaurants und drei Bars, aber keinen Saal für Kabarett oder Livemusik. Im *Crown* ging es nur ums Glücksspiel: viele Monitore für Keno oder Sportwetten und jeweils mehrere Tische für Poker, Blackjack, Craps und Roulette. An einem der Roulettetische setzten drei oder vier Glücksritter große Geldbeträge, kleinere Fische gesellten sich hinzu und mischten mit. Um diesen Tisch hatte sich eine stattliche Menge versammelt, groß genug, damit der Einzelne anonym bleiben konnte, andererseits nicht so groß, um die Aufmerksamkeit aller Gäste auf sich zu ziehen.

Banerjhee nahm auf einem Barhocker in der Nähe Platz. Hinter dem Tresen stand eine ältere Frau mit hennagefärbtem Haar, bekleidet mit weißer Bluse, schwarzer Hose und einer Weste, die in Hüfthöhe mit Conchos besetzt war. Ein kleines Schild über ihrer Brusttasche verriet, dass ihr Name Karen sei. Karen hatte alle Hände voll zu tun und wirkte ziemlich erschöpft. Der Job verlangte ihr offenbar eine Menge ab. Nach einer Weile, während sie Gläser in einem Geschirrspüler unterhalb des Tresens verstaute, hielt sie kurz inne, um Banerjhees Bestellung entgegenzunehmen. Er bestellte Rainier. Karen verzog das Gesicht.

»Wir führen hier fünfundachtzig Biersorten, Mister, aber Rainier ist nicht dabei.«

»Macht nichts. Das war eine Bestellung aus reiner Sentimentalität. Mann, Mann!«, Banerjhee blickte sich lächelnd um, »man weiß ja nie, vielleicht gab's ja mal Zeiten, da war Rainier das einzige Bier, das man in einem Laden wie hier kaufen konnte.«

Karen sah von ihren Gläsern hoch und eine Haarsträhne fiel ihr ins Gesicht. Sie schob sie beiseite und grinste. »Nee. Schon damals haben wir Hamm's und Olympia verkauft.«

Banerjhee entschied sich für ein kleines gezapftes Pilsner, dessen Name ihm überhaupt nichts sagte. »Nicht schlecht«, räumte er ein, nachdem er probiert hatte.

»Bleiben Sie in der Nähe. Um Weihnachten rum kriegen wir eins aus San Francisco rein, das nach Eierpunch schmeckt.«

Das hatte Banerjhee sogar schon einmal probiert.

»Nein danke.«

»Das hab ich gehört.«

Am Roulettetisch neben ihm gingen sechs Leute ernsthaft zur Sache, noch mal die Hälfte sah zu.

Direkt gegenüber, auf der anderen Seite des Tisches, stand ein großer Mann, der passend zu seinem nagelneuen Cowboyhut einen schwarzen im Western-Stil gehaltenen und mit Glitzerfäden durchwirkten Anzug trug und eine sorgfältig zurechtgemachte Brünette fixierte, die pro Einsatz zwanzig Dollar verplemperte und auf diese Weise seinen Stapel Chips dezimierte.

An einem Ende des Tisches dann zwei Frauen, augenscheinlich Mittlerer Westen – blass, übergewichtig, voluminöse Blusen, dazu Bermudas, Strass-Schmuck, Hornbrillen mit leicht getönten Gläsern und Initialen aus Strass-Steinen im toten Fleck des rechten Brillenglases, die zu Wolken toupierten Haare getönt, die eine rotbraun, die andere rötlich schwarz –, die irgendein System spielten. Sie ließen die eine oder andere Kugel aus, um sich miteinander zu beraten.

Dazwischen ein junges Pärchen, College-Studenten. Er, schlank, in Khakis und übergroßem T-Shirt, die Baseballkappe verkehrt herum aufgesetzt. Sie in einem schlichten schwarzen Rock, der ihre braungebrannten Beine zur Geltung brachte, und mit einem Neckholder-Top unter dem Blazer. Sie setzten nur kleinere Beträge und lächelten müde, egal ob sie gewannen oder verloren, und überbrückten ohne Zweifel die Refraktärphase bei dem Jungen.

Banerjhee war fast geneigt, das Ganze als zu bieder abzutun, als ein bärtiger, älterer Mann sich ziemlich rücksichtslos zwischen die beiden Frauen und das College-Pärchen drängte. Dieser hagere Mensch schien weit in seinen Siebzigern und überaus rüstig zu sein. Seine an den Knien gepolsterte Hose aus grobem Baumwollstoff – eine dieser Hosen, die Erntehelfer während der Artischockenernte bevorzugen – steckte in kniehohen Stiefeln, die derart abgetragen waren, dass dem Leder kaum noch Farbe anhaftete. Ungeachtet einer Außentemperatur von zwanzig Grad trug der Mann unter einer abgewetzten braunen Lederweste ein schweres, ebenfalls arg mitgenommenes blau-weiß gestreiftes Hemd wie einst die Bremser bei der Eisenbahn, darunter ein langärmeliges Unterhemd und als Krönung einen braunen, von Schweißspuren verunzierten Filzhut. Aus der Brusttasche der Weste baumelten die Schnüre eines Tabaksbeutels samt Anhänger, an seiner Hüfte saß ein Holster für Taschenmesser, befestigt an einem breiten schwarzen Gürtel, der so speckig war, dass er mit den Hüften eine Einheit zu bilden schien, und ein Paar aus Pferdehaar gewebter Hosenträger sorgten für zusätzlichen Halt bei den Hosen. Dieser Oldtimer setzte einen Stapel mit fünf Chips auf das Tableau und knurrte in die Runde: »Fünfhundert auf die Zweiundzwanzig. Aber nur, weil ich irgendwo mal anfangen muss mit dem Verlieren.«

Das College-Mädchen sah ihn kurz von der Seite an, zog die Nase kraus und bedachte ihren Freund mit einem Stirnrunzeln. Der tauschte daraufhin den Platz mit ihr und konnte den Alten so viel besser beobachten.

»Gottverdammt noch mal, Jasper«, sagte der Croupier.

»Als du das letzte Mal hier gewesen bist, hast du Buttermilch über meinen ganzen Tisch verteilt.«

»Bin noch nicht bei Buttermilch angelangt, Chet«, stellte Jasper klar und brachte ein Whiskeyglas zum Klirren, in dem sich Eiswürfel und eine braune Flüssigkeit befanden. Die Hälfte davon kippte er hinunter, bevor er hinzufügte: »Aber das kommt noch, wenn mir jemand welche beschafft. In der Zwischenzeit lass du mal die Kugel rollen.«

»Dann benimm dich aber«, warnte ihn der Croupier, »ansonsten bekommen wir Besuch von oben.« Er warf einen Blick an die Decke, doch anders als der Oldtimer ignorierte Banerjhee diesen Blick nicht. An der Decke, direkt über dem Tisch, entdeckte er eine getönte Halbkugel mit einem Durchmesser von etwa fünfzig Zentimetern. Ganz sicher befand sich darin eine ferngesteuerte Kamera, mit deren Hilfe das Management nach schwarzen Schafen Ausschau halten konnte, die Karten zählten oder beim Würfeln manipulierten.

Der Croupier bat um die letzten Einsätze, drehte die Scheibe und warf die Kugel in den Zylinder.

»Sechzehn«, ertönte wenige Sekunden später sein Singsang. »Sechzehn, Rot und Gerade.« Nicht mal ein Raunen ging durch die Menge, als er alle Chips auf dem Tisch einzog.

»Bring mal 'nen Bourbon«, sagte Jasper zu einer Kellnerin, die an seiner Seite aufgetaucht war. »Habt ihr dieses Jalapenos-Zeugs?« Er sprach das Wort ohne Tilde aus.

Die Damen aus dem Mittleren Westen und das College-Pärchen machten etwas Platz für Jasper. Tausend Dollar hatte man eingesetzt und verloren, doch keiner hörte auf zu spielen.

»Jasper, wie er leibt und lebt«, sagte die Barfrau. Banerjhee drehte sich um zu ihr und sah, wie sie sich, gegen den hinteren Teil der Bar gelehnt und einen Fuß auf den Rand des Spülbeckens gestützt, mit schmerzverzerrtem Gesicht die Wade massierte. »Meine Beine bringen mich um«, kommentierte sie leutselig. Dann deutete sie mit dem Kinn hinüber zum Roulettetisch. »Jasper ist einer von den echten, unabhängigen Goldschürfern. Typen wie ihn gibt's nicht mehr so viel in Las Vegas. Die Stadt ist mehr …«, sie wedelte mit der flachen Hand parallel zum Boden, »familienorientiert. Vor allem am Strip.«

»Er scheint eine schillernde Persönlichkeit zu sein«, sagte Banerjhee.

Die Barfrau seufzte. »Warten Sie's ab, Sie werden noch seh'n. Billiger Fusel und Essen am Lagerfeuer haben ihm ein Loch in die Eingeweide gefressen. Nach ein, zwei Runden wird er den Bourbon mit Buttermilch entschärfen. Schau'n Sie, da drüben?« Sie deutete quer durch das Casino. An der Eingangstür gab die Kellnerin, die Jaspers Bestellung aufgenommen hatte, einem jungen Mann in einer Art Pagenuniform etwas Kleingeld, woraufhin dieser sich umdrehte und das Casino verließ. »Er besorgt Buttermilch und Jalapenos.« Auch Karen sprach das Wort ohne Tilde aus.

»Jasper muss ein guter Kunde sein.«

»Wissen Sie, er sieht schlimmer aus, als er ist. Aber einige Leute, vor allem die von der Ostküste, werden seinetwegen immer ziemlich nervös.«

»Ist er tatsächlich Goldsucher?«

Die Barfrau nickte lebhaft. »Aber ja, mit Esel und allem Drum und Dran. Acht oder neun Monate im Jahr ist er in den Bergen, nördlich von Tonopah, lebt dort im Freien. Keiner weiß, wo genau. Jasper hat so seine Geheimnisse. Zwei- oder dreimal im Jahr taucht er mit einem Beutel voller Nuggets auf, einige davon sollen ziemlich groß sein, sagt man. Er bringt sie hierher, weil es in der Stadt einen Juwelier gibt, dem er vertraut. Der Juwelier prüft das Gold und gibt ihm Bares dafür.«

»Klingt nach dem guten, alten Wilden Westen.«

»Das waren noch Zeiten«, bekräftigte sie. »Wenn er beim Juwelier war, kommt er hinterher immer zu uns.«

»Warum gerade hierher?«

»Mr. Crown, der Mann, der den Laden eröffnet hat ... Jasper und er waren im Krieg in derselben Einheit.«

»Welcher Krieg?«

»Korea.«

»Ja, klar. Ist der Besitzer auch noch so fit wie Jasper?« Karen stellte ihren Fuß zurück auf den Holzrost am Boden, richtete sich auf und goss sich ein Glas Sodawasser ein. »Nee.« Sie fischte eine Tablette aus der Seitentasche ihrer Weste, spülte sie mit dem Wasser hinunter und schüttelte den Kopf. »Er ist vor fünf Jahren gestorben, oben, in den Armen eines Flittchens. Das gab die größte Beerdigung in Vegas, seit Liberace gestorben ist. Jetzt leitet sein Sohn das Geschäft. Macht er auch ganz gut. Hat uns Alte alle behalten und keinen Kindergarten draus gemacht oder so.«

»Und Jasper und der Sohn verstehen sich?«

»Sicher«, sie zuckte mit den Achseln. »Tommy junior kennt ihn von klein auf. Seiner Meinung nach bringt Jasper so was wie Authentizität in den Laden. Meine Güte, waren Sie mal auf dem Strip? Da gibt es Läden, die bezahlen Typen dafür, wenn sie aussehen wie Jasper und sich so verhalten. Wenn's gerade angesagt ist.«

»Das glaube ich.«

»Mal sehen, ob Sie das andere auch glauben.«

Mich kann nichts mehr erschüttern, dachte Banerjhee und laut sagte er: »Einen Versuch wäre es wert.«

»Also gut«. Karen senkte ihre Stimme. »Kaum hat er sein Geld bekommen, macht sich Jasper auf ins Crown. Ruck, zuck fängt er an zu trinken, kommt in Stimmung und verliert, selbstredend. So ein Verhalten weckt natürlich bei gewissen Leuten den Raubtierinstinkt. Wenn der Zeitpunkt gekommen ist, gabelt er ein Mädchen auf und nimmt sie mit aufs Zimmer.«

»Tatsächlich?«, fragte Banerjhee.

»Ich weiß«, stimmte die Barfrau ihm zu, »ich will mir das auch nicht ausmalen, aber wissen Sie, was da läuft?«

»Sollte ich?«

Sie senkte ihre Stimme nochmals. »Er lässt sich von denen baden.«

Als klar war, dass nichts mehr nachkam, fragte Banerjhee: »Ist das so?«

»So wahr ich hier stehe«, Karen hob eine Hand, »es ist die reine Wahrheit.« Sie berührte ihn am Ärmel. »Eh man sich versieht, ist das Mädchen bezahlt und Jasper zurück am Tisch – rasiert und durstig verschleudert er sein Geld. Und wissen Sie, was noch?«

»Nein. Was denn noch?«

»Er macht das so lange, bis er jeden gottverdammten Dollar verloren hat.«

»Das ganze sauer verdiente Geld?«

»Jeden Cent. Wie oft muss Tommy junior ihm Benzingeld vorstrecken, damit er zurück zu seinem Claim kommt.« Sie schüttelte den Kopf. »Jeden einzelnen Cent. Ich habe das bestimmt dreißig- oder vierzigmal miterlebt, seit ich hier angefangen habe zu arbeiten.« Sie artikulierte klar und mit Bedacht, als sie hinzufügte: »Und das ist schon ein Weilchen her.«

Banerjhee betrachtete Jasper mit wiedererwachtem Interesse.

»Ich hab ihn mal drauf angesprochen«, Karen war noch nicht am Ende.

»Und was hat er geantwortet?«, fragte Banerjhee, ohne sich umzudrehen. »Er meinte, pleite sein würde ihm gefallen. Auch eine Anschauung.«

Banerjhee spitzte die Lippen.

»Da kommen ja die Lebensmittel«, stellte Karen fest. Banerjhee sah gerade noch, wie der Page das Casino betrat. In jeder Hand einen Plastikbeutel, steuerte er auf die Bar zu, doch es war der Trupp, der hinter ihm durch die Tür kam, dem Banerjhees Augenmerk galt. Eine drei Mann starke Truppe, alle drei mehr oder weniger gleich gekleidet. Jeder von ihnen bevorzugte buschige Schnurrbärte, jeder hätte einen Haarschnitt gebrauchen können, jeder trug ein Flanellhemd in Übergröße, das hinten aus der Jeans hing, jeder hatte Wanderschuhe mit dicken Sohlen an den Füßen und nicht einer von ihnen legte diese somnambule Konzentriertheit an den Tag, die die meisten Leute zu ergreifen scheint, kaum dass sie einen Schritt über die Schwelle des Casinos ihrer Wahl gemacht haben.

Ohne jegliche Eile verschaffte sich das Trio einen Überblick, so als hätte man diese Routineaufgabe gleichmäßig untereinander aufgeteilt.

Banerjhee drehte ihnen den Rücken zu. »Ich denke, ich nehme noch ein Bier.«

»Wollen Sie den Rest hier noch austrinken?«

»Tja«, sagte Banerjhee, »ich mag mein Bier lieber sehr kalt.«

Karen zuckte die Achseln und holte ein gekühltes Glas aus dem Kühlfach unter dem Tresen.

Im Spiegel hinter ihr waren zwei der Männer deutlich zu erkennen. Einen Augenblick später tauchte der dritte wieder auf und stellte sie einem kräftigen Mann in tadellos geschnittenem Anzug vor; Hände wurden jedoch nicht geschüttelt. Der Mann von der Security hielt sich ein Ohr zu, um die Instruktionen besser verstehen zu können, die ihm über den Ohrhörer erteilt wurden. Er gab den drei Männern ein Zeichen und sie folgten ihm durch eine unbeschriftete Tür, die sich direkt neben dem vergitterten Kassenschalter befand. Die Tür, verfremdet durch die Flaschen vor dem Spiegel, fiel hinter ihnen ins Schloss.

»Wir haben einen Gewinner«, sagte der Croupier.

»Transversale 4-9 gewinnt.«

Banerjhee drehte sich um und sah, wie die beiden Frauen aus dem Mittleren Westen plappernd auf den Rechen starrten, der ihnen sechs Chips à zwanzig Dollar zuschob.

Der Mann mit dem Stetson lächelte wohlwollend.

»Oh, Daddy«, sagte seine Freundin, »die haben hundert Dollar gewonnen.«

»Scheiße noch mal, Baby«, polterte er los und fuchtelte mit seiner Zigarre, »du hast auch gewonnen.«

»Ach?« Sie wandte den Blick von den beiden Ladys.

»Gerade gewinnt«, sagte der Croupier und schob ihr das Doppelte ihres Einsatzes von zwanzig Dollar zu.

»Ich habe gewonnen!«, kreischte sie.

»Wo bleibt meine Buttermilch, verdammt noch mal? Und meine Jalapenos?«, krakeelte Jasper. »Lass endlich die Kugel rollen, zum Teufel noch eins!«

»Machen Sie Ihr Spiel ...«

Banerjhee nippte an seinem frischen Bier, nicht weil er zauderte, vielmehr erwog er seine Möglichkeiten. Sollte er das Casino wechseln? Er sah sich um. Eher nicht. Vermutlich würde er nicht einmal bis zur Tür kommen. Er musterte die Spieler am Roulettetisch.

Ihm gefiel der Gedanke, dass man Jasper im Casino kannte. Ihm gefiel auch, dass man im Casino wusste, dass Jasper sein gesamtes Geld verspielte, wenn man ihn nur in Ruhe ließe. Abgesehen von den lächerlichen Gewinnen, an die Hoffnungen geknüpft wurden, gefiel ihm, dass jeder am Tisch überschaubare Geldbeträge zu verlieren schien.

Jasper hatte den Rest seines Bourbons hinuntergekippt; den eher mäßigen Bauchansatz gegen die Tischumrandung gedrückt, ließ er nun einen Stapel Chips von der einen in die andere Hand wandern. Als alle ihre Einsätze getätigt hatten, verteilte Jasper plötzlich acht Einhundertdollarchips an den Rändern des mittleren Dutzends, wo sich die noch nicht bediente Vierundzwanzig befand, und setzte einen neunten Chip in die Mitte. »Lass die Kugel rollen, verdammt.«

»Nichts geht mehr«, sagte der Croupier. »Nichts geht mehr.«

Jeder verlor.

»Buttermilch!«, grölte Jasper und hielt sein Glas in die Höhe. Eine der Damen aus Indiana langte nach einer Handtasche auf einer Ablage unterhalb des Tisches, balancierte sie auf der Tischumrandung, während ihre Partnerin mit beiden Händen Zwanzigdollarchips herausschaufelte, und zwar insgesamt viermal.

Dann erschien ein glatt rasierter junger Mann auf der Bildfläche. Gekleidet wie ein Cowboy, nahm er den vorletzten Platz mit Ellbogenfreiheit am Tisch ein und platzierte vor sich einen bescheidenen Stapel Chips.

Banerjhee winkte Karen heran.

»Könnte ich Chips bekommen?«

Die Barfrau sah ihn kurz an, sagte aber nichts. Ihr Blick jedoch verriet, dass sie ihn nicht für einen Spieler gehalten hatte, dass sie zwar geneigt war, ihm abzuraten, stattdessen aber ihren Job machte, der darin bestand, einen Knopf am Haustelefon hinter der Bar zu drücken.

Wie aus dem Nichts erschien eine Kassiererin. Sie war jung und hübsch, trug einen kurzen Rock und ein Bustier, dessen Abschluss unterhalb ihrer bloßen Schulterblätter zu einer Krone geformt war, und transportierte ihre Wechselkasse nach Art der Zigarettenverkäuferinnen mittels eines Gurtes um den Hals. Sie sah Karen an und Karen deutete mit dem Kopf auf Banerjhee.

»Ja, Sir?« Die Kassiererin lächelte freundlich. »Bar oder Kreditkarte?«

»Bar«, sagte Banerjhee.

»Und welche Summe?«

»Fünfundvierzigtausend Dollar.«

12

»Für diesen Betrag müssen wir zum Schalter, Sir.«

»Schalter?« Banerjhee zögerte. Im Grunde war alles so, wie er es wollte: Er hatte die Bar im Rücken, konnte am Tisch spielen und gleichzeitig die Eingangstür im Auge behalten, und er hatte einen guten Draht zur Tresenkraft. Der Schalter dagegen schien meilenweit entfernt zu sein.

»Sir?« Die Kassiererin blickte über ihre Schulter.

Wer A sagt, muss auch B sagen. Keine Hürde für ein gutes Pferd. Hat man erst einmal die kalifornische Grenze erreicht, kann man genauso gut weiterfahren.

»Komme. Ja …«

Er folgte ihr, als sie sich ihren Weg bahnte, zwischen zahlreichen Bargästen und umherziehenden Gruppen hindurch, dann einen Gang entlang, wo rechts und links klimpernde, ratternde, pfeifende und klingelnde Spielautomaten standen, die sich alle zusammen anhörten wie ein Haufen Dampforgeln mit Fehlfunktion.

Das Mädchen führte ihn zum Kassenschalter nahe der Tür, durch die der Trupp der Flanellhemden dem Mann von der Security gefolgt war, und sagte: »Einen schönen Abend noch, Sir.«

Er bedankte sich.

Der Mitarbeiter im Glaskasten fragte: »Kann ich Ihnen helfen?«

Banerjhee holte aus der Innentasche seines gefütterten Parkas Toby Prides Lottogewinn hervor: Hunderter in vier Bündeln mit jeweils hundert Scheinen und ein Bündel mit fünfzig Scheinen, Letzteres versehen mit einen Gummiband.

Der Parka war marineblau, mit einem gelb reflektierenden Streifen unterhalb des Kragens. Banerjhee berührte den Stoff, der sich irgendwie ungewohnt anfühlte. Eigentlich sollte der Parka ihn beim nächtlichen Betrachten der Sterne vor Nässe und Kälte schützen. Doch er hatte ihn auch wegen seiner großen, mit einem Reißverschluss zu schließenden Innentasche ausgewählt.

Der Kassierer ging die Bündel mit dem Daumen durch, mit beeindruckender Gleichgültigkeit, als wären es Bücher und als wolle er sich überzeugen, dass er zwischen ihren Seiten keinen ... Lottoschein? ... übersehen hatte.

Als er mit Zählen und Stapeln fertig war, notierte der Kassierer etwas in ein Kassenbuch, parkte den Stift hinter seinem Ohr und hämmerte einige Zahlen in eine Tastatur.

Während beide, Banerjhee und der Kassierer, auf die Antwort des Computers warteten, öffnete sich die Tür rechts vom Schalter. Banerjhee gelang es nicht, ein nervöses Zucken unterhalb seines rechten Auges zu unterdrücken.

Der Mann von der Security kam durch die Tür. Ohne das geringste Anzeichen, dass er in Banerjhee mehr sah als in jedem anderen sich unauffällig verhaltenden Kunden, schloss der Mann die Tür, baute sich in Habachtstellung davor auf und ließ, die Hände übereinandergelegt, seinen Blick durch den Saal wandern.

»Sir?«, sagte der Kassierer.

»Pardon«, erwiderte Banerjhee. »Sie haben gefragt ...?«

»Ich wollte wissen, ob Sie eine bestimmte Stückelung bevorzugen«, wiederholte der Kassierer geduldig.

Hinter Banerjhee räusperte sich eine Frau, die er vorher nicht bemerkt hatte. Ein Mann blickte ihr finster über die Schulter.

Banerjhee wusste kaum etwas zu erwidern. War die Stückelung bei Chips die gleiche wie bei Banknoten? Eine Frage der Effizienz, mit der er es hier zu tun bekommen hatte. »Haben Sie einen Tausenddollarchip?«

Der Kassierer holte ein unterteiltes, schwarz lackiertes und mit dem Emblem des Casinos, einer in Gold geprägten Krone, versehenes Tablett hervor. Er legte einen einzigen blauen Chip darauf, der ebenfalls die geprägte Krone trug, und faltete die Hände.

»Ja«, versicherte Banerjhee nicht nur dem Angestellten, sondern auch sich selbst, »der ist genau richtig.«

Der Kassierer legte vier weitere Chips an den ersten, bildete anschließend acht gleich lange Reihen und präsentierte sie Banerjhee.

»Ausgezeichnet«, sagte der.

»Genießen Sie den Abend, Sir.« Der Kassierer schob das Tablett durch das Sicherheitsfenster. »Der Nächste, bitte.«

Banerjhee entfernte sich vom Schalter; zusammen mit dem Tablett und den Plastikscheiben hatte er den Eindruck bekommen, dass man hier im Hause desto zufriedener war, je schneller und effizienter ein Spieler sich im Casino bewegte.

Letzteres käme ihm auch entgegen.

Vorbei an Leuten und Spieltischen und Spielautomaten steuerte er unverzüglich seinen bevorzugten Roulettetisch an, wo sich zu seiner Erleichterung die Szenerie nicht verändert hatte. Als Reaktion auf seine Rückkehr deutete die Barfrau mit dem Kopf auf sein Bier, das, abgedeckt mit einem Bierdeckel, auf dem Tresen stand.

»Danke«, sagte Banerjhee, »aber ich hätte lieber ein frisches.«

Wortlos holte sie ein gekühltes Glas aus dem Kühlfach. Während sie ihm ein frisches Pilsner zapfte, legte Banerjhee seinen letzten Zwanziger auf den Tresen. »Das geht aufs Haus«, erklärte Karen, »wo Sie doch jetzt spielen.«

»Das ist für Sie«, sagte Banerjhee.

»Danke«, erwiderte sie schlicht.

»Keine Ursache«, sagte er, »es hat mir Spaß gemacht, mit Ihnen zu reden.« Und dann widmete er sich dem Spiel.

»Nichts geht mehr«, sagte der Croupier, nachdem er die Kugel hineingeworfen hatte. »Nichts geht mehr.« Die Kugel zog noch eine Bahn auf dem polierten äußeren Rand, bevor sie über die Nummernfächer der Roulettescheibe hüpfte und schließlich in einem liegen blieb.

»Vier«, begann der Croupier zu leiern. »Vier, Schwarz und Gerade. Das erste Dutzend gewinnt.«

Auf der Vier lagen keine Chips, die Damen aus Illinois hatten auf Ungerade gesetzt, niemand hatte das erste Dutzend gespielt. Und niemand verlor auch ein Wort darüber, dass dem Meister die locker auf dem Tableau verteilten satten fünfzehnhundert Dollar mithilfe seines Rechens zuwuchsen.

»Machen Sie Ihr Spiel!« Hier und da tauchten Chips auf dem Tableau auf. Banerjhee setzte zwei auf die Doppelnull.

Jasper hob eine buschige Augenbraue und brummte vergnügt. »Jetzt kommt Leben in die Bude!« Die zwei Damen berieten sich im Flüsterton. Der Sugardaddy, beide Hände in den Hosentaschen und eine frische Zigarre zwischen die Zähne geklemmt, machte seine schlanke Begleitung durch ein Räuspern aufmerksam. Als sie über ihre Schulter blickte, deutete sein Kinn samt Zigarre in Richtung Banerjhee. Der war mit seinen Gedanken woanders. Mit ihrem trainierten Urteilsvermögen fing das Mädchen Banerjhees Erscheinung ein, sein Tablett mit den Tausendollarchips, seine beiden blauen Chips auf der Doppelnull und sorgte anschließend dafür, dass hundert Dollar ihres Mentors Banerjhees Einsatz Gesellschaft leisteten. Dann lächelte sie Banerjhee zu, als sei sie verlegen. Der schenkte ihr jedoch keine Beachtung.

Jasper kicherte.

Die Damen aus dem Mittleren Westen verteilten etliche Zwanzigdollarchips auf dem Tableau.

Der Cowboy setzte einen Chip à fünf Dollar auf die Zweiunddreißig und einen weiteren auf Gerade.

Auf einem Jalapeño kauend, ein halb volles Glas Bourbon-Buttermilch on the rocks in der einen und vier oder fünf Chips in der anderen Hand, wartete Jasper, bis alle ihre Einsätze getätigt hatten, dann verteilte er im letzten Augenblick zweitausend Dollar auf verschiedene Zahlen und setzte auf Ungerade.

Der Croupier ließ die Kugel los. »Nichts geht mehr.« Dreißig Sekunden später waren Banerjhees zweitausend Dollar weg. Einzig der Cowboy gewann und verdoppelte seine fünf Dollar auf Gerade.

»Yep!«, sagte der Cowboy und schnippte mit den Fingern. Er hatte eine überraschend hohe Stimme.

Und so ging es weiter. Da er kontinuierlich auf die Doppelnull setzte, hatte Banerjhee binnen fünfzehn Minuten ein Drittel von Toby Prides Lottogewinn verspielt. Nachdem er seinen Einsatz auf fünftausend Dollar pro Spiel erhöht hatte, bildete sich nach und nach eine Menschenmenge. Die schlanke Brünette hatte längere Zeit an ihrer Unterlippe genagt und kehrte dann zu ihrer Praxis zurück, abwechselnd zwanzig Dollar auf Gerade und Ungerade zu setzen. Die Zigarre ihres Sponsors war inzwischen an einem Ende kalt, am anderen Ende zu Matsch zerkaut. Der Cowboy, der seine fünf Dollar wieder verloren hatte, ging vom Gas und beschränkte sich auf Einsätze von einem oder zwei Dollar. Die Damen aus Iowa waren bei plus/minus null. Jasper hatte fünfzehnhundert Dollar gewonnen und amüsierte sich königlich.

Als Ersatz für sein inzwischen warm gewordenes Bier hatte sich Banerjhee ein neues bestellt und nahm gerade seinen ersten Schluck, als sich für einen kurzen Augenblick die Luft im Casino veränderte, so als wäre die Klimaanlage ausgefallen und sofort wieder angesprungen. Eigentlich hätte es ein unbemerkt bleibendes Detail sein können, eines, das man überhaupt nicht hätte wahrnehmen können. Doch Banerjhee nahm es wahr; Banerjhee, der jetzt Details in einem Ausmaße wahrnahm, wie er es seit jenem Schweizer Sommer nicht mehr erlebt hatte.

Auf der anderen Seite des Casinos war soeben die Tür neben dem Kassenschalter ins Schloss gefallen und die drei Männer in den Flanellhemden standen jetzt davor. Einer sprach mit dem Security-Mann, die beiden anderen sahen geradewegs hinüber zu Banerjhee.

»Nichts geht mehr«, verkündete der Croupier, »nichts geht mehr.«

Hastig und ohne nachzuzählen packte Banerjhee einen Haufen Chips und platzierte ihn auf der Doppelnull. Durch die Zuschauermenge ging ein Raunen.

»Tut mir leid, Sir«, sagte der Croupier und schob die Chips mit seinem Rechen zurück.

»Ach, Scheiße, Chet«, schnauzte Jasper den Croupier an, »soll er seinen Verlust auf die lange Bank schieben?«

»Vierzehn«, leierte Chet ungerührt. »Vierzehn gewinnt, Rot und Gerade gewinnt, das zweite Dutzend gewinnt.«

Mit zusammengebissenen Zähnen verfolgte Banerjhee, wie der Rechen seine Arbeit verrichtete. Der Cowboy hatte vier Dollar gewonnen. Die Damen aus dem Mittleren Westen waren wieder bei plus/minus null. Jasper hatte einen Haufen Geld verloren, lachte und warf dem Croupier einen Hundertdollarchip als Trinkgeld hin. Die Brünette hatte erneut zwanzig Dollar in den Sand gesetzt und musste jetzt ebenfalls ein Trinkgeld loswerden.

Der Croupier hatte die Kugel an sich genommen und seinen Rechen senkrecht vor sich auf die Tischumrandung gestellt. »Ihre Einsätze bitte. Ihre Einsätze …«

Banerjhee blinzelte und schob die zuvor unwillkommenen Chips zurück auf die Doppelnull. Elftausend Dollar. Elf Chips konnte er gerade so mit einer Hand bewegen.

»Wow«, entfuhr es einem Mann hinter dem Sugardaddy mit Stetson und beifälliges Gemurmel pflanzte sich bis in die hinteren Zuschauerreihen fort. Banerjhees Mitspieler jedoch verteilten stoisch ihre Chips auf dem Tableau, wobei sie abergläubisch einen Sicherheitsabstand von drei Reihen zur Doppelnull einhielten.

Spielen sieht anders aus, dachte Banerjhee mit einem bitteren Lächeln.

»Nichts geht mehr«, rief der Croupier. »Nichts geht mehr.«

Als die Kugel fiel, blickte sich Banerjhee verstohlen um. Die Menge der Zuschauer rund um den Tisch war beträchtlich angewachsen und einige hatten bereits damit begonnen, die Distanz zu den Spielern zu verkürzen, die man normalerweise aus Gründen der Höflichkeit einhält. Er fing einen flüchtigen Blick von einem in Flanell Gekleideten auf, der zwei, drei Reihen hinter Jasper stand.

»Ein Gewinner? Geeewinnner!«, schrie der Croupier und das völlig Unerwartete stellte ihn als ziemlich unbekümmert bloß.

»Dieser Hurensohn!«, brüllte Jasper und bespritzte dabei den College-Knaben mit etwas Buttermilch, der, seinerseits absolut perplex, diesem Umstand keinerlei Beachtung schenkte. Ein Aufschrei entrang sich der Menge. Banerjhee blinzelte.

Er betrachtete die Roulettescheibe. Er blinzelte zweimal.

Die Kugel hockte auf der Doppelnull wie eine Perle auf einer Karussellfigur.

»Wir haben einen Gewinner«, wiederholte der Croupier, als schenke er seiner eigenen Aussage keinen Glauben, doch er wiederholte es für Banerjhee. Banerjhee sah hoch, blickte sich um, sah wieder auf die Roulettescheibe. Noch immer besetzte die Kugel die Doppelnull. Niemand auf der anderen Seite des Tisches konnte die Unsicherheit in seinem Blick nachvollziehen.

»Wir müssen das Spiel unterbrechen, Sir«, erklärte der Croupier. Chet sah die restlichen Spieler an. »Wir müssen das Spiel unterbrechen.« Er wandte sich zu Banerjhee. »Ich hoffe, Sie haben ihre Sozialversicherungsnummer dabei.«

Die Doppelnull wurde getroffen, mit einem Einsatz von elftausend Dollar. »Wie sind die Gewinnquoten?«, fragte Banerjhee dumpf.

»Sechsunddreißig zu eins, du verdammter ...«, Jasper lachte. »Du verdammter Gewinner!«, rief er und die Menge brüllte Beifall. »Bringt ihm einen Taschenrechner!« »Nein, eine Schubkarre!« »Wir helfen dir beim Zählen!« »Eleanor, meine Kamera!«

Jedes Mal, wenn Banerjhee im Kopf mit einer Zahl hantierte, bei jeder neuen Kolonne, blinzelte er. So hatte er es sein ganzes Leben lang gemacht. »Dreihundertneunundsechzigtausend Dollar.« Banerjhee sprach es so dahin. »Keine Cents.«

Dafür aber Nonsens. Aha. Haha. Hahaha ...

Die Menschenmenge war noch mal um das Doppelte angewachsen. Die Leute standen in Reihen, dicht an dicht, schoben oder stellten sich auf die Zehenspitzen, um einen Blick zu erhaschen.

Etwa drei Meter hinter dem Stetson-Träger wurde eine Frau auf die Schultern eines Mannes gehievt.

Jemand von der Casino-Aufsicht tauchte an der Seite des Croupiers auf. Oder hatte er die ganze Zeit dort gestanden?

»Ich … ich muss das Spiel unterbrechen, Sir«, sagte der inzwischen recht fahrig wirkende Croupier zum dritten Mal und ließ seinen Blick zaghaft zwischen Banerjhee und dem Vorgesetzten hin- und herwandern.

»Hey, Tommy junior«, sagte Jasper, kniff ein Auge zu und winkte dem Besitzer des Casinos mit seinem Glas zu. »Willst wohl nicht verpassen, wenn's mit deiner Scheiße abwärts geht?« Er lachte und deutete mit seinem Drink auf Banerjhee. »Der alte Knabe ist dabei, deinen Laden zu übernehmen.«

Auf der anderen Seite des Tisches, in der ersten Reihe, zwischen Jasper und dem College-Pärchen, tauchte ein Mann mit Schnurrbart und Flanellhemd auf. Sein Blick glitt über den Schauplatz und als er an Banerjhee kleben blieb, knöpften die Finger der linken Hand das Flanellhemd auf.

Banerjhee nahm sein Tablett, leerte es über den elf Chips auf der Doppelnull aus und zeigte es anschließend der Menge. Der Lärm schwoll an, steigerte sich zur Kakophonie, um im nächsten Augenblick hinabzustürzen in atemlose Stille, sodass niemand überhören konnte, als Banerjhee sagte: »Lassen Sie sie rollen.«

Der Mob ließ alle Beherrschung fahren. Frauen kreischten. Verantwortungsvollen Familienvätern fielen die Augen aus dem Kopf. Jedem wahren Spieler im Saal schlug das Herz bis zum Halse. Ein Mann zwängte sich zwischen das Flanellhemd und den Tisch und machte eine Aufnahme.

»Forder das Glück nicht heraus!« »Sieh lieber zu, dass du hier wegkommst!« »Ruhe!«

Chet, der Croupier, riss sich vom Anblick der Tausenddollarchips los und blickte Banerjhee direkt in die Augen.

Die Menge verstummte.

»Lassen Sie sie rollen, bitte«, wiederholte Banerjhee. Der Croupier wandte sich an seinen Chef. »Der Gentleman möchte, dass ich die Kugel rollen lasse, Mr. Crown.« Tommy junior bekam das wechselnde Mienenspiel, das sich seines Gesichtes bemächtigte, nicht in den Griff. Es setzte seinen Ausdruck einer Metamorphose aus, vergleichbar mit einer Zeitrafferstudie der Entwicklung eines Saprophyten. Von einer Sekunde zur anderen brach seine Mimik auf, spiegelte erst Schock, dann Überraschung wider, Abwehr und plötzliche Erleuchtung, um sich im nächsten Moment über Gewissheit, Verachtung, Schadenfreude und Triumph zurückzubilden und am Ende die gewohnte Gleichgültigkeit an den Tag zu legen. Tommy junior würde keine Versicherungstabellen zurate ziehen müssen.

»Dann wird das Haus sie auch rollen lassen«, verkündete er. »Bringt dem Mann einen Drink.«

»Nein!« Die Menge rollte heran wie eine riesige Welle der Humanität. Jasper und die anderen Spieler klammerten sich an die Tischumrandung, als handele es sich um die Heckreling eines in einen Wirbelsturm geratenen Schiffes.

»Dieser Narr!« »Stoppt ihn!« »Haltet ihn auf!« Nur Banerjhee und dem Croupier wurde Ellenbogenfreiheit zugebilligt, als wolle man ihnen Ehrfurcht bezeigen.

Alles verstummte schlagartig.

Der wie vom Donner gerührte Croupier wandte sich von seinem Chef ab und Banerjhee zu. »Die Kugel kann rollen, Sir«, sagte er, den Kopf leicht zur Seite geneigt.

Banerjhee entnahm dem Haufen Chips auf der Doppelnull einen blauen Chip und drückte ihn Chet in die Hand. »Vielen Dank.«

Das Getöse hob erneut an. Ohne den Blick vom Tisch abzuwenden, kommentierten Leute in der vordersten Reihe die Vorgänge für die hinter ihnen Stehenden, bemüht, ihre Position durch Rempeln und Schieben gegen den Druck zu verteidigen, der sie von hinten zu überwältigen drohte. Ständig leuchtete Blitzlicht auf. Banerjhee war jetzt zuversichtlich, dass die Ereignisse ein kritisches Stadium erreicht hatten. Hinter Jasper kämpfte ein Flanellhemd um seinen Platz in der zweiten Reihe, tauchte kurz auf, wie auf einem Wellenkamm, um sofort im Wellental dahinter zu verschwinden.

Steif nickte der Croupier Banerjhee zu, als wäre er in Höflichkeit erstarrt. Umständlich verstaute er sein Trinkgeld in der Westentasche und stellte den Rechen senkrecht auf die Tischumrandung. Der Lärm der Menge verdichtete sich zu einer Stille der Turbulenzen. Als er Chets Hände zittern sah, gestattete Tommy junior seinen Augen, ein Photon der Geringschätzung abzuschießen.

»Ihre Einsätze, bitte«, setzte der Croupier an. Seine Stimme versagte ihm den Dienst, doch er wiederholte die Ansage und fand zur routinierten Monotonie zurück.

»Machen Sie Ihr Spiel, Ladys und Gentlemen. Machen Sie Ihr Spiel, bitte.«

Niemand setzte einen Chip.

Rechts von ihm, am Ende der Bar, dort, wo die Menge am dichtesten stand, erspürte Banerjhee eine Regung.

Der Croupier setzte die Roulettescheibe in Bewegung und warf die Kugel entgegen der Drehrichtung in den Kessel.

»Ihre Einsätze, bitte.« Niemand setzte einen Chip.

»Ihre Einsätze ...«

Auf der anderen Seite des Tisches blickte Jasper nach links, ebenfalls zum Ende der Bar, wo ein Flüstern zu hören war, dann blickte er nach rechts, zu Tommy junior, dann sah er Banerjhee an.

Mit einem Klackern berührte die Kugel das Strahlenbündel, das die Roulettescheibe aussandte, und fiel tiefer.

»Nichts geht mehr.« Die Kugel funkelte wie ein Stern.

»Nichts geht mehr.«

Banerjhee vernahm keinen Laut mehr, weder Geschrei aus der Menge noch den munteren Galopp fröhlicher Klänge aus einem Spielautomaten, der Münzen ausspie, noch das Geräusch eines nach unten sausenden Hebels an einem einarmigen Banditen, auch nicht das Klicken von Kameraverschlüssen oder Ansagen zu Pferderennen oder das Verkünden von Keno-Zahlen. Als hätte sein Verstand automatisch auf eine Filter-Software umgestellt, die alle Toneffekte bis auf einen ausmerzte, blieb für ihn nur die rollende Kugel hörbar. Wenn er es jetzt wagte, sich umzuschauen, so sein Gefühl, würden alle Bewegungen bis auf die der Kugel einfrieren.

Aber er blickte sich nicht um. Er wollte keinen Augenkontakt mit einem Flanellhemd. Zumindest jetzt noch nicht. Seine Sorge war unbegründet. Jedes Augenpaar im Casino, selbst die, die nichts erkennen konnten, selbst die, die sich anderen Angelegenheiten hätten zuwenden müssen, verfolgte den Lauf der Kugel. Jedes Augenpaar, bis auf Banerjhees, das damit begonnen hatte, andere Dinge wahrzunehmen. Noch hatte die Kugel ihr Ziel nicht erreicht. Im Moment konnte Banerjhee sie nicht mal tanzen hören. Es war, als hätte ein enormer Druck seine Ohren verschlossen und ihn taub zurückgelassen.

Und dann hüpfte die Kugel über ein Nummernfach. Die Menge schnappte nach Luft, als hätte sie kollektiv zu atmen vergessen. Die Kugel trippelte über die Münder der Hohlräume. Alle starrten wie gebannt. Chet und Tommy junior starrten. Die Flanellhemden starrten. Die ganze Menge starrte, nur Jasper konnte den Blick nicht von Banerjhee wenden und Banerjhee erwiderte diesen Blick. In den Augen des alten Mannes entdeckte er die Grenzenlosigkeit von Wüste und Geologie, von Bergen und Sonnenlicht, von sternenklaren Nächten und frostig kalten Morgengrauen, und er entdeckte Gelassenheit, das Derivat eines Menschenlebens, in dem all das bewohnt und gelebt worden war. Banerjhee hatte den Eindruck, allein Jasper, der aufmerksame Beobachter, könne ihn wirklich sehen. Der alte Mann bewegte die Lippen, doch Banerjhee verstand nicht. Was konnte der alte Mann nur gesagt haben?

Die Kugel hatte ihre Zahl gefunden. Niemand sprach, still drehte sich das Rad.

Jemand warf ein paar Würfel und man hörte sie über einen Tisch rollen. Ein anderer betätigte den Hebel eines einarmigen Banditen. Ein Dritter klappte sein Mobiltelefon auf und sagte: »Du wirst nicht glauben, was hier gerade passiert ist.« Schließlich krächzte der Croupier heiser: »Fünfundzwanzig«, und räusperte sich. »Fünfundzwanzig«, wiederholte er sanfter, »die Fünfundzwanzig gewinnt, Schwarz gewinnt, Gerade gewinnt. Das dritte Dutzend ...«

Stocksteif, wie traumatisiert, nur durch reine Verinnerlichung zu der Bewegung fähig, die er während seines Arbeitslebens Tag für Tag, sechzig-, siebzigmal die Stunde wiederholt hatte, harkte Chet mit seinem Rechen dreiundzwanzig oder vierundzwanzig blaue Chips zusammen, die einzigen Chips auf dem Tisch, zog sie im Auftrage des Hauses zu sich heran.

»Tja, Toby Pride«, sagte Banerjhee laut, »so sieht's aus.«

»Wie gewonnen, so zerronnen«, bemerkte Jasper. Rechts von ihm tauchte ein Flanellhemd auf, verschaffte sich mit den Ellbogen Platz am Tisch.

Ein Mitarbeiter seines Sicherheitsdienstes flüsterte Tommy junior etwas ins Ohr, woraufhin der eine Augenbraue hochzog, vom Tisch zurücktrat und so einem zweiten Flanellhemd den Vortritt ließ, das sich unschön abhob von dem eleganten Nadelstreifen des Casinochefs.

Auch dieses Flanellhemd war bereits aufgeknöpft und der linke Arm seines Trägers befand sich darunter, während der rechte Arm den Security-Mann zur Seite schob. »Rolf?«

Der Mann in dem Flanellhemd hatte strahlend blaue Augen und strohblonde Haare, doch die Sonne hatte er schon länger nicht gesehen.

»Banerjhee Rolf?«

»Ja«, erwiderte Banerjhee. »Ich bin Banerjhee Rolf.« Auf der anderen Seite des Tisches sagte Jasper so sanft, als würde er Regen voraussagen: »Du hast mich zum letzten Mal geschubst, Schwanzlutscher!«, und zertrümmerte sein Whiskeyglas auf dem Schädel eines Typen in einem Flanellhemd.

Und so regnete es prasselnd Buttermilch und Bourbon, Eiswürfel und Glas auf das Tuch des Roulettetisches. Rings um die blauen Augen, die Banerjhee musterten und deren Pupillen sich Richtung Krawall verengten, bildeten sich kleine Fältchen.

Der Derringer steckte unter Banerjhees Parka, schmiegte sich zwischen Gürtel und Rücken. Zwei leere Patronen, kalt und still, befanden sich in den Kammern.

Banerjhee zog ihn trotzdem.

NACHWORT

Im April 1841 erschien im »Graham's Magazine« mit »Der Doppelmord in der Rue Morgu« die erste Kriminalgeschichte überhaupt. Ihr Verfasser, Edgar Allan Poe, entwirft in dieser Short Story nicht nur den Prototyp einer Detektivgeschichte, deren Erzähltechnik bis heute adaptiert wird, sondern schafft mit C. Auguste Daupin auch einen Hauptdarsteller, der – alle Zeiten überdauernd – immer noch zum Personal vieler guter Kriminalromane zählt: den exzentrischen Amateurdetektiv. Dupins analytische Fähigkeiten führen schließlich zur spektakulären Auflösung des Falls (es war ein wild gewordener Affe), aber ebenso im Gedächtnis bleibt seine beinahe kulthafte Verehrung der Nacht, ein Motiv, das in anderen Erzählungen Poes noch weitaus mehr Raum einnimmt und das metaphorisch die Abgründe des Menschen und die »Nachtseite der Moderne« aufzeigt.

Dieses Hin- und Hergerissen sein zwischen den Mächten des Hellen und Guten und dem Dunklen und Bösen trieb auch einen seiner größten Förderer um, den Schriftsteller und ersten Übersetzer Edgar Allan Poes: Charles Baudelaire.

Baudelaire, dessen »Les Fleurs du Mal« (»Die Blumen des Bösen«) Mitte des 19. Jahrhunderts die Lyrik in Europa revolutionierte, beschreibt Großstadt in all ihren Facetten und mit ihr den neuen Typus des Großstadtmenschen, ein von Pessimismus und Melancholie bestimmtes und dem Dasein entfremdetes Individuum, das sich im Irrgarten der eigenen Existenz zunehmend ängstigt.

Legt man nun die Erzählmotive dieser beiden Seelenverwandten zusammen, und ergänzt sie um das Bild des *Poète maudit* – dessen Werk sich provokant und selbstzerstörerisch dem Geschmack der Mehrheit entgegenstellt und dessen Leben selbst von Zerrissenheit geprägt ist –, dann lassen sich Romanfiguren denken, die dem von seinen Zeitgenossen als zügellos und lasterhaft beschriebenen Charakter Edgar Allan Poes und jenem des drogen- und alkoholabhängigen Revolutionärs Baudelaire nicht unähnlich sind. Und man erhält das natürliche Habitat des Noir-Protagonisten mit seinem zwischen Nihilismus, Zynismus und Melancholie changierenden Seelenzustand.

Was nun noch fehlt, ist das dazugehörige Klang-Bild, um die dunkle Spielart des Kriminalromans vollends zum Leben zu erwecken.

»Der Doppelmord in der Rue Morgue« wurde 1932 verfilmt. Für die Bilder war Karl Freund verantwortlich, einer der bedeutendsten Kameramänner des expressionistischen Stummfilms in Deutschland, Erfinder der entfesselten Kamera und der scharfen Hell-Dunkel-Kontraste, der mit Filmen wie »Der letzte Mann«, »Metropolis« oder »Berlin – Die Sinfonie der Großstadt« Meisterwerke der Filmkunst geschaffen hat.

Ohne ihn und Regisseure wie Fritz Lang, Billy Wilder oder Max Ophüls, um nur einige zu nennen, wäre der Film Noir, so wie wir ihn heute kennen, undenkbar. Im Hollywood der frühen 1940er Jahre waren es vor allem europäische Filmemacher, die die visuellen und thematischen Grundlagen für den Film Noir legten. Aber die wirklich großen Stoffe lieferte die amerikanische Hardboiled-Kriminalliteratur.

Dashiell Hammetts »The Maltese Falcon« (»Der Malteser Falke«) bot die Vorlage für John Hustons »Die Spur des Falken«, und auch die meisten Romane von Raymond Chandler, dem Schöpfer von Privatdetektiv Philip Marlowe, wurden verfilmt, ebenso wie die Werke von Cornell Woolrich (»Das Fenster zum Hof«) oder James M. Cain.

Dies war der Beginn eines überaus regen Austauschs von Gedanken und Ideen über Kontinente hinweg, der nicht nur den Film oder die Literatur betraf, sondern auch die Philosophie, die Musik, die Bildende Kunst.

Der französische Verlag Gallimard verlegte ab 1945 mit der *Série noire* die wichtigsten Hardboiled-Autoren in französischer Sprache, und die Filmregisseure Pierre Chenal und Luchino Visconti adaptierten unabhängig voneinander James M. Cains »The Postman Always Rings Twice« (»Wenn der Postmann zweimal klingelt«). Die Nouvelle Vague, der italienische Neorealismus oder die vom Existenzialismus beeinflussten Filme von Jean-Luc Godard, François Truffaut oder Claude Chabrol, alle profitierten sie von dieser neuen Art des Erzählens und auf faszinierende Weise verschmolzen Hoch- und Populärkultur sowohl in Amerika als auch in Europa.

Und um den Begriff des Klang-Bilds endlich näher zu erläutern: Während sich die europäischen Existenzialisten in Harlem herumtrieben, um die Schwarze Clubkultur und Musik zu entdecken, feierte Miles Davis in Paris Triumphe.

Jazz und Noir, das gehört unbedingt zusammen – legendär sind Miles Davis' Soundtrack zu Louis Malles »Ascenseur pour l'échafaud« (»Fahrstuhl zum Schafott«) oder Martial Solals großartige Filmmusik zu »À bout de strafflé« (»Außer Atem«) von Godard, in der sich die Musik auf so unvergleichliche Weise mit den Alltagsgeräuschen von Paris verbinden. Aber »Crime-Jazz« ist nur einer der zum Noir passenden Musikstile, Rock-, Blues-,

Country- oder Rap-Musik sind ebenso stilbildend und liefern den Sound für viele der Neo- und Country-Noir-Filme der Gegenwart. Unverändert inspirieren sich unterschiedliche Kunstgattungen und Kulturen gegenseitig und die Anfänge des Noirs fungierten, das darf man wohl sagen, als Katalysator.

Das bildet auch die vorliegende Auswahl ab. Sie stellt nicht die wichtigsten und bekanntesten Werke des Krimi-Noir zusammen, denn die sind alle hinreichend gelesen und rezipiert. Vielmehr folgt sie der eben beschriebenen Spur, stellt Verbindungen zwischen dem amerikanischen und europäischen Noir her und versammelt herausragende Romane aus beiden Kontinenten. Beginnend mit James M. Cains letztem und lange verschollenen Roman »Abserviert«, führt sie in das Harlem der frühen 1960er Jahre, stellt mit Ulf Miehes »Puma« einen der wenigen deutschsprachigen Noir-Romane vor und besucht Fabio Montale, einen kleinen Polizisten mit Hang zum guten Essen, in Marseille. Massimo Carlottos »Die dunkle Unermesslichkeit des Todes« ist ebenso beklemmend und grandios, wie der Titel es vermuten lässt, und mit Charles Willeford, Jim Nisbet und Nic Pizzolatto wird die ganze Bandbreite des amerikanischen Noir erlebbar.

Die ausgewählten acht Titel sind – wie es sich gehört – voller zwielichtiger Gestalten, dunkler Ecken und trauriger Helden. »Der Krimi«, so hat es James Ellroy mal ausgedrückt, »ist ein Filter für das negative Potenzial, das man in sich trägt.« Noir aber ist mehr. Als Leser kann man sich mal auf diese, mal auf jene Seite schlagen und insgeheim die Untiefen der eigenen Persönlichkeit ausloten. Und nicht selten zerfließt die widersprüchliche Weltanschauung des Helden mit der eigenen. Was entweder Entsetzen oder wohlige Schauer auslöst.

Peter Graf

Jim Nisbet, Jahrgang 1947, ist Autor von neun Romanen und mehreren Lyrik-Bänden. 1989 erschien sein Roman »Tödliche Injektion« als deutsche Erstaugabe. In den letzten vierzig Jahren veröffentlichte er darüber hinaus diverse Artikel, Essays und Shortstorys in Zeitungen, Zeitschriften und Anthologien sowie ein Sachbuch über Bau und Design retro-futuristischer Möbel. Er lebt mit seiner Frau in San Francisco.

Lizenzausgabe der Süddeutsche Zeitung GmbH, München,
für die Süddeutsche Zeitung Edition 2016

Jim Nisbet
Dunkler Gefährte
Die Originalausgabe erschien 2006 unter dem Titel »Dark Companion«
bei Dennis McMillan Pubs

Die Deutsche Erstausgabe erschien 2009 bei Pulp Master, Berlin,

Aus dem Amerikanischen von Frank Nowatzki und Angelika Müller

Herausgeber: Peter Graf | WALDE+GRAF Verlagsagentur und Verlag GmbH
walde-graf.de
Projektmanagement: Till Brömer
Gestaltung und Layout: studio stg, studio-stg.com
Druck- und Bindearbeiten: CPI books GmbH, Ebner & Spiegel Ulm

Printed in Germany
ISBN: 978-3-86497-361-1